십대를 위한
고전문학 사랑방

이 도서의 국립중앙도서관 출판시도서목록(CIP)은 e-CIP홈페이지(http://www.nl.go.kr/ecip)와
국가자료공동목록시스템(http://www.nl.go.kr/kolisnet)에서 이용하실 수 있습니다.(CIP제어번호 : CIP2014027459)

십대를 위한 고전문학 사랑방

초판 1쇄 발행 2014년 10월 6일

지은이 박진형
펴낸이 윤미정

책임편집 박이랑
홍보 마케팅 하현주

펴낸곳 푸른지식 출판등록 제2011-000056호 2010년 3월 10일
주소 서울특별시 마포구 월드컵북로 16길 41 2층
전화 02)312-2656 팩스 02)312-2654
이메일 dreams@greenknowledge.co.kr
블로그 www.gkbooks.kr

ⓒ 박진형 2014
ISBN 978-89-98282-16-5 43810

잘못된 책은 바꾸어 드립니다.
책값은 뒤표지에 있습니다.

십대를 위한 고전문학 사랑방

박진형 지음

푸른
지식

고전문학,
사랑에 빠지다

때는 여름이었습니다. 창문 밖에서는 매미가 울어 댔고, 교실에는 영혼까지 지친 아이들이 멍하니 있었지요. 교실 뒤쪽에는 꿈속을 방황하는 여학생도 보이고, 마치 해탈한 스님마냥 지그시 눈을 감은 남학생도 보입니다. 시계를 보니 수업이 끝나려면 아직 한참 남았네요. 아이들의 책상 위에는 〈EBS 인터넷 수능〉 교재가 놓여 있습니다. 〈사씨남정기〉를 읽고 작품의 특징을 찾는 문제를 풀고 있었지요.

아이들을 보며 문득 한 마디 던집니다.

"얘들아, 너희들 말이야. 프로포즈 들어왔을 때는 한 번에 오케이하면 안 되는 거 알아?"

그 말에 졸던 녀석은 눈을 뜨고, 자던 녀석도 부스스 일어나니다. 다른 책을 몰래 보던 녀석들도 급호기심이 들긴 마찬가지였나 봐요. 계속 말을 이어 갑니다.

"더 얘기 해 줄까? 들어 볼래? 사씨남정기에 나와."

아이들은 저를 빤히 쳐다봅니다. 도대체 무슨 말을 할까 고개를 들고 눈을 동그랗게 뜬 아이들. 이건 실제 일어난 일입니다. 이 책은 이렇게 시작되었습니다.

고전은 아주 오랫동안 많은 사람들이 읽어 온 작품을 말합니다. 그리고 문학은 뭔가 거창한 게 아니라 이야기를 뜻하고요. 웃기고 재미있고, 슬프고 안타까운 이야기들 말이에요. 즉 고전문학은 오래전부터 사람들이 만들고 즐겨 읽었던 다양한 이야기들입니다. 그러나 아이들은 고전문학을 멀리합니다. 고전이란 단어에서부터 왠지 딱딱함이 느껴지지요. 게다가 잘 알지도 못하는 한자들, 외계어처럼 생긴 옛 글자들은 어렵기도 하고요. 그러나 무엇보다도 가장 큰 걸림돌은 배워서 뭐하냐는 생각입니다. 살아가는 데 고전문학은 별로 도움이 되지 않는다는 것이지요.

어쩌면 이야기라는 본연의 모습을 보여주기보다 교사 위주로 시험을 위해 가르쳤기에 아이들은 고전의 즐거움을 경험하지 못했을 지도 모릅니다. 오히려 고전은 재미없고 지루하다는 인식만을 남기게 되었지요. 그래도 학교 교과과정에서 고전은 중요한 분야이고 내신이나 수능에도 매번 출제되기에 아이들은 수업을 듣습니다. 울며 겨

자먹기 식으로 말이에요.

　그래서일까요? "고전문학에 대해 어떻게 생각하니?"라고 물으면 열 명 중 일곱 명은 이 셋 중 하나로 대답합니다. "재미없어요." "몰라요." "홍길동?" 어찌 보면 참으로 슬픈 현실이지요. 사실 이러한 결과는 당연한 걸지도 모릅니다. 원래 사람은 자신과 동떨어진 것에는 별로 관심을 갖지 않거든요. 아이들은 더더욱 그렇고요. 그렇기에 아이들이 호기심을 갖고 흥미로워하는 주제가 무엇일까 생각해 보았습니다. 그리고 사랑이 떠올랐습니다.

　어떤 학생이 묻더군요. 학생에게 사랑이 웬 말이냐고요. 거기에 제가 답해 주었습니다. 우리는 결국 사랑을 해야 한다고요. 왜일까요? 이유는 간단합니다. 우리는 모두 부모님이 사랑했기 때문에 세상에 존재하니까요. 우리의 부모님 역시 할머니 할아버지가 사랑했기에 세상에 나온 거고요. 결국 사랑은 우리와 떨어지려야 떨어질 수 없는 주제입니다. 옛날부터 지금까지 말이지요.

　아이들도 사랑을 합니다. 단지 시기의 문제이죠. 지금 하든지, 혹은 나중에 하든지 말이에요. 그러나 학교에서는 사랑을 가르치지는 않습니다. 국어, 영어, 수학은 있어도 사랑이란 과목은 보이지 않지요. 누구나 다 하고, 또 해야 할 아주 소중한 것인데 말이에요. 그렇기에 고전문학과 함께 사랑에 대한 이야기를 말하고 싶었습니다.

　오래 전 이 땅에 살았던 우리 조상들도 사랑을 했습니다. 그 분들은 현명했어요. 진정한 사랑이란 무엇인지, 사랑을 어떻게 해야 하는지, 그 비법을 문학이라는 이야기 속에 속속 집어넣어 놨거든요. 정말이지 읽다 보면 흠칫흠칫 놀랄 정도라니까요. 알고 보면 우리 조상들은 연애 고단수였답니다.

이 책은 고전문학 열다섯 편을 통해 만남, 고백, 연애, 위기, 결혼 등 각 단계별로 사랑이 실현되는 모습을 흥미롭게 보여 줍니다. 그중에는 우리가 익히 잘 알고 있는 작품도 있고 비교적 생소한 작품도 있습니다. 책을 읽어 나가면서 작업(?)에 성공하고 사랑을 쟁취(?)할 수 있는 비법을 전수받을지 모르겠네요. 그러면서 고전문학을 좀 더 열린 마음으로 들여다볼 수 있다면 좋겠습니다. 물론 작품도 재미있게 배우면서 말이지요.

고전이 지루하다고 생각하는 아이들을 초대하고 싶습니다. 사랑을 주제로 이야기꽃이 활짝 핀 이곳 사랑방으로요. 오는 방법은 간단하답니다. 책장을 한 장 넘기면 문이 열릴 거예요. 준비되었나요? 자, 그럼 넘기세요.

2014년 9월 박진형

등장인물

혹시 지금 사랑하고 있나요? 아, 벌써 사귀고 있다고요?

대단하네요. 음… 저쪽 친구는 표정을 보니 짝사랑만 하나 봐요.

어라, 앞에 앉은 이 학생은 제게 이렇게 묻네요. 학생에게 사랑이

웬 말이냐고요.

이 책에는 이야기를 들려 주는 쌤과 세 명의 학생들이 나옵니다.

공부도 잘하고 싶지만 장차 내 인생에 펼쳐질 사랑에도 관심이

많은, 우리 주변에 흔히 볼 수 있는 친구들이에요. 여기 '고전문학

사랑방'에 모여 작품 속 인물들의 사랑을 부러워하고 때로는

그들의 이별에 마음 아파하며 책과 함께 도란도란 이야기를

나눕니다.

이들이 대화를 나누는 사랑방으로 들어가 볼까요?

쌤 이 시대의 전기수(傳奇叟, 책 읽어 주는 사람)를 꿈꾸는 국어 선생님. 문학을 통해 아이들과 진솔하게 이야기하는 것을 좋아 한다.

붕이 통통한 외모에 졸린 듯한 작은 눈을 가진 곱슬머리 남학생. 생긴 것과 달리 재치가 뛰어나고 입담이 좋다.

나정 외모와 연애에 관심이 많은 여학 생. 진정한 사랑을 꿈꾸는 발랄한 성격의 소유자. 상상력이 풍부하고 특유의 쾌활 함으로 주변 분위기를 이끈다.

동구 굳게 다문 입과 강렬한 눈매로 항 상 상대방을 바라보는 남학생. 과묵한 편 이지만 지식이 풍부하고 생각이 깊다.

목차

위기 제발 그냥 사랑하게 해 주세요, 네?

결혼 우리 정말 이대로 행복한가요?

대체로 보아서
천지만물에 대한 관찰은
사람을 관찰하는 것보다 더 큰 것이 없고,
사람에 대한 관찰은
정情을 살펴보는 것보다 더 묘한 것이 없고,
정에 대한 관찰은 남녀의 정을 살펴보는 것보다
더 진실된 것이 없다.

이옥의 「이언(俚諺)」 중 '이난(二難)'에서

만남

일단 지르렴.

짜릿한 우연성에

몸을 던지는 거야

인연을 만나려면
남쪽으로 가야 한다오

〈하생기우전〉

쌤 안녕하세요. 여러분. 오늘 첫 시간의 주제는 '만남'입니다. 사람과 사람의 만남이란 참으로 특별하지요. 작품에 들어가기 전에 먼저 질문을 하고 싶네요. 만남의 공간에 대한 건데요. 여러분은 관심있는 상대를 만난 곳 중 특히 기억에 남는 곳이 있나요?

붕이 음… 버스요. 예전에 버스에서 자주 보던 큰 눈망울의 여학생이 기억나요. 체구가 아담한 편에 항상 웃는 모습으로 다녔는데 웃을 때 하얀 치아가 살짝 드러났어요. 첫눈에 확 끌리면서 호감이 느껴졌다고나 할까? 다른 반이어서 자주 볼 수는 없었지만 집이 같은 방향이라 버스를 함께 타고 다녔어요. 이어폰을

끼고 창밖을 바라볼 때의 그 하얀 턱선이 너무 예뻤어요.

쌤 와우, 붕이는 묘사력이 상당하네요. 작가를 해도 되겠어요.

붕이 헤헤, 별 말씀을.

나정 저는 전에 영어 학원에 다닌 적이 있거든요. 거기에 늘 창가 쪽에 앉는 남학생이 있었어요. 특별히 눈에 띌 만한 외모는 아니었어요. 그냥 묵묵히 수업 듣고 필기하는 모습이 모범생 느낌? 처음 봤을 때는 딱히 호감이 간 것도 아니고, 별로 관심조차 없던 애였는데….

붕이 …였는데?

나정 … 묻지 말아 줄래?

붕이 쿵.

쌤 자자, 뭔가 사연이 있는 모양이군요. 뭐, 시간은 충분하니 언젠가 들어 볼 기회가 있겠지요. 동구는 그런 경험이 없나요?

동구 전 말 안 할랍니다.

쌤 좋습니다. 나중에라도 말하고 싶은 마음이 들 때는 언제든지 편안하게 얘기해도 됩니다. 오늘 만나볼 '만남'과 관련된 작품은 바로 〈하생기우전〉입니다. 제목부터 볼까요? 하생은 사람 이름이고요. '기우'는 뭘까요?

붕이 괜히 걱정한다는 말 아닌가요? 들어 본 것 같은데.

동구 기이한 만남이요.

쌤 맞아요. 동구가 잘 말했네요. 제목의 '기우奇遇'는 '기이할 기'에

'만날 우'자로 말 그대로 기이한 만남이란 뜻이에요. 참고로 붕이가 말한 건 '기우杞憂'지요.

붕이 헤헤, 그래도 음은 똑같으니까 반은 맞췄네요.

쌤 그럼 제목은 '하생이라는 사람의 기이한 만남 이야기' 정도가 되겠네요. 과연 어떤 만남이 있었는지 알아볼까요?

하생은 고려시대 선비였답니다. 일찍 부모를 여의고 집이 가난했어요. 장가를 들고자 하였으나 사위로 데려가는 사람이 없는 상황이었지요. 그러나 용모가 준수하고 재주가 뛰어나며 학식이 높았답니다. 그래서 고을의 수령이 그 명성을 듣고 서울에 있는 태학(고려시대의 국립교육기관)에 뽑아 보냈답니다. 요즘으로 치면 기회균등제도라고나 할까요? 똑똑하고 우수하지만 경제적으로 어려운 학생을 국비로 서울에 유학 보낸 셈이니까요.

나정 우, 부럽다.

쌤 하생은 국학에 나아가서도 여러 선비들과 대등하게, 아니 오히려 그들을 능가하며 학식을 뽐냈답니다. 비록 가난한 처지였지만 실력만은 뛰어났던 거지요. 그러나 하생은 과거 시험에서 합격을 하지 못합니다.

붕이 왜요?

쌤 당시의 시대적 상황이 좋지 않았거든요. 조정이 어지러워서 인재 선발이 공정하게 이루어지지 않았답니다. 사회의 비리와 관료들의 정치적 타락 때문에 시험이 불공정했던 거지요. 그래서 사오 년 동안 뜻을 굽히고 우울하게 지내게 됩니다.

나정 이런… 마치 공무원 임용시험을 준비해 놓고는 제대로 시험을 보지도 못한 것과 비슷하네요. 빽 있는 사람은 시험에 합격하고, 능력 있어도 연줄이 없는 사람은 떨어진 상황 같기도 하고요.

쌤 그렇지요. 그래서 하생은 세상에 나아가지도 못하고, 배필도 찾지 못해 늘 울적하게 지냈답니다. 그러던 어느 날 하생은 같은 학사의 친구에게 말합니다.

"낙타교 길가에 점쟁이가 있는데 엄청 신통하다더군. 그는 사람이 오래 사는지 일찍 죽는지, 언제 복을 받고 화를 당하는지 날짜까지 맞춘다는데 나도 한번 실타래처럼 얽힌 내 인생에 대한 궁금증이나 풀어 볼까?"

하생은 보물처럼 숨겨 두었던 금전 몇 닢을 가지고 점쟁이를 찾아갑니다. 그리고 자신의 운명에 대해 묻지요. 미래에 어떻게 될지, 사랑하는 연인은 언제 만날 수 있는지를요. 점쟁이는 하생을 뚫어져라 보더니 이윽고 입을 엽니다.

"당신은 본디 부귀하게 될 운명을 타고났소. 다만 오늘은 불길하다오. 명이가 가인으로 가는 점괘라오. '명이'라는 것은 밝은 빛이 땅속으로 들어가는 상이고 '가인'이라는 것은 정숙한 여인을 만나는 것이 이롭다는 상이라오. 도성 남문으로 나가서 그대로 달려가시오. 멀리 떠나되 해가 저물기 전에 집으로 돌아와서는 안 되오. 그러면 액땜을 할 수 있을 뿐만 아니라 좋은 배필도 얻게 될 것이오."

붕이 명이가 가인으로 간다는 게 이해가 잘 안돼요.

쌤 '명이'나 '가인' 모두 주역에 나오는 괘 이름인데요. '명이明夷'라는 건 밝은 빛이 땅속으로 들어가는 모습이라네요. 이건 앞으로 벌어질 일과도 관련이 있어요. 땅속이란 게 무슨 의미일지는 지금 얘기하면 스포일러가 될 것 같으니 나중에 얘기할게요. 그리고 '가인家人'은 가족들, 즉 부부와 자식이 도리를 지켜 가정을 이루고 화목하게 산다는 의미인데요. 가정을 이룬다는 것에 초점을 맞추면 되겠네요. 물론 그러려면 정숙한 여인을 만나야겠지요?

붕이 그래서 점쟁이의 말을 듣고 하생은 어떻게 했나요?

쌤 붕이라면 어떻게 했을 것 같나요?

붕이 저야 뭐 점을 믿는 편은 아니지만 그런 말을 들었다면 그대로 한 번 해 볼 것 같은데요? 어차피 밑져야 본전 아닐까요? 흐흐흐.

나정 저도 해 볼 것 같아요. 무엇보다 좋은 배필을 얻을 거라잖아요.

쌤 하생 역시 그 점쟁이의 말을 그럴듯하게 느꼈답니다. 그 말을 듣고 도성 남문으로 나섰지요. 때는 가을이었습니다. 날도 선선하고 경치도 좋았지요. 마음 가는대로 발을 내딛었죠. 자신의 미래에 대한 기대 반 걱정 반의 마음으로요. 그러다가 곧 해가 지고 어둠이 깔리는 줄도 몰랐나 봅니다. 사방을 돌아보니 아무도 없는 깊은 산속이었어요. 달도 뜨지 않은 밤이었어요. 요즘처럼 전기나 휴대폰이 있는 것도 아니지요. 어디로 가야 하나 헤매고 있는데 저 멀리서 등불이 별처럼 깜빡였습니다. 가까이 가보니 집이 있네요. 바깥문은 반쯤 열려 있고 인적이 없었습니다. 하생이 이상하게 여겨서 몰래 들어가 방안을 엿보니…

나정 … 엿보니?

쌤 이팔청춘, 그러니까 요즘으로 치면 열여섯 살 꽃다운 나이의 아름다운 여인이 베개에 기대어 비단 이불을 반쯤 덮고 있었지요. 그 얼굴에는 눈물 자국이 있고 근심이 가득했답니다.

붕이 그래서요?

쌤 하생은 잠시 망설이다가 마침내 문을 두드리고 헛기침 소리를 냅니다. 그리고 홀로 산길을 걷다가 길을 잃었는데 하룻밤 묵었으면 한다고 말을 하지요. 그러자 시종이 하생을 곁방으로 안내합니다. 여인은 하생이 누구인지 호기심을 느끼죠. 그래서 시종을 보내 묻습니다. 하생은 자신이 누구인지를 밝히고 오늘 점쟁이에게 말을 듣고 정처없이 나섰는데 여기까지 오게 되었다고 말합니다. 그러자 여인도 자신 역시 점쟁이의 말을 듣고 액운을 피해 이리 왔으니 오늘의 만남은 우연이 아니라고 하지요.

나정 어머, 둘이 뭔가 통하는 게 있나 봐요.

쌤 네. 아마 그렇게 만나게 된 것도 우연만은 아닌가 봅니다. 게다가 젊은 두 남녀 사이에 분명 뭔가 통하는 게 있었겠지요. 하생은 방을 내준 고마움과 여인에 대한 애정의 마음을 담아 편지를 써서 보냅니다. 여기서 일부만 잠깐 살펴볼까요?

향기는 끊이잖고 구름 막 흩어지는데
고상한 절조 몹시 높아 봉황도 중매 않네.
밤새 애간장 끊으며 외로이 잠드나니
양대로 가는 길 없음을 슬퍼하노라.

나정 어떤 의미인가요?

쌤 일단 옆방에 있는 여인에게 다가가고 싶지만 왠지 망설여집니다. 혹시나 여인이 콧대가 높거나 절개를 지키려 해 자신을 거절하면 어쩌나 하는 마음도 들었겠지요. 고상한 절조 때문에 봉황도 중매 않는다는 건 그런 의미일 겁니다. 그런 상황이니 자신은 밤새 애간장 끊으며 외로이 잠들 수밖에 없다는 거지요. 양대란 고사, 즉 옛 이야기에 나오는 장소인데요. 초나라 회왕이 양대라는 누각에서 잠이 들었는데 꿈속에서 한 여인을 만나 잠자리를 함께했다는 이야기가 있습니다.

동구 거기서 나온 한자성어가 운우지정雲雨之情이지요. 남녀 간의 사랑을 의미하는 말.

쌤 이야, 아주 똑똑하군요. 맞습니다. 그 여인이 떠나면서 왕에게 말하길 자기는 아침에는 구름이 되고 저녁에는 비가 되어 양대 아래에 있겠다고 했다지요. 그래서 양대는 남녀 간의 사랑이 이루어지는 장소를 의미한다고 보면 될 것 같습니다. 시에서 양대로 가는 길 없음을 슬퍼한다는 건 결국 여인과 만나고 싶지만 만날 길이 없어 슬프다는 의미이지요.

나정 와, 시가 굉장히 운치 있어요. 그럼 그 편지를 받고 여인은 어떻게 했나요?

쌤 다행히 여인도 하생이 마음에 들었나 봅니다. 바로 답장을 보냅니다. 내용을 한번 볼까요?

달 기다려 밤늦도록 창문 열어 두었거늘

새장 속 앵무새는 방금 잠이 들었네.

낙엽 지는 소리에 마음 기울이거늘

무정한 듯하나 유정하여라.

나정 이건 왠지 알 듯도 해요.

쌤 그럼 나정이가 한번 말해 볼래요?

나정 여인 역시 하생에게 마음이 있나 봐요. 밤늦도록 창문을 열어 두었네요. 새장 속에 앵무새는 방금 잠이 들었지만 자신은 아직도 잠 못 이루는 것 같아요. 낙엽 지는 소리가 혹시나 하생이 오는 소리 아닐까 생각해서 마음을 기울이는 것이고요. "무정한 듯하나 유정하여라." 고 하는 것도 '겉으로는 마음이 없어 보이지만 사실 나도 너에게 마음이 있다.'라는 의미인 것 같아요.

쌤 와우! 아주 훌륭합니다.

붕이 '무정한 듯 유정하여라.'는 말은 나중에 깜짝 고백할 때 써먹어도 좋겠네요, <u>흐흐흐</u>.

나정 고백할 사람이 있긴 하냐?

붕이 킁, 너보단 많거든.

쌤 자, 여인으로부터 이런 편지를 받고 하생은 어떻게 했을까요? 가만히 있을 수는 없죠. 움직여야지요. 살금살금 발끝으로 걸어 여인의 방 앞으로 갑니다. 살그머니 창문을 여니 여인이 근심스레 앉아 마치 누군가를 간절히 기다리고 있는 듯이 보입니다. 하생이 다가가 웃음 지으며 여인에게 말하지요. "이보(옛 속담책)에 있는 속담을 못 들어 보셨나요? 거기에 '나그네에게 문간방을 빌려 주었더니 깊은 밤에 안방까지 내달라고 한다.'라는 말이 있지요."

나정 어머나, 하생도 나름 응큼한 면이 있네요.

쌤 하하, 그런가요? 하생의 말을 듣고 여인은 머리를 푹 숙이더니 수줍어하며 말합니다. "이미 인연이 닿았으니 피할 수 없군요." 라고요. 방 안에는 희미한 등불이 병풍 앞에서 꺼질 듯 말 듯 깜박이고 있습니다. 새장 속 앵무새는 곤히 잠들어 있고요. 여인은 "저는 위소주(당나라의 시인)의 이 시 구절을 참 좋아해요."라고 말하면서 시를 한 수 읊지요.

아름다운 사람 문득 잠자리에 드니
허리띠 풀고 인연을 이루고자 하네.

그리고는 "오늘밤 이 시의 참맛을 잘 알게 되었네요."라고 말한 후 두 사람은 지극한 사랑을 나눕니다.

붕이 한 편의 꿈 같은 이야기네요.

쌤 하하, 그런가요? 하생과 여인은 마음이 통하였나 봅니다. 그날 밤 서로 뜨거운 정을 나누죠. 문제는 다음날 새벽이었습니다. 여인이 하생을 깨우더니 말을 건넵니다. 사실 자신은 죽은 혼령이라고요. 옥황상제의 명으로 잠시 다시 이승에 살아나게 되었으나 오늘을 놓치면 살아날 가망이 없어진답니다. 그러면서 자신이 소생하는 방법을 하생에게 알려 줍니다. 또 하생과 연분이 있어 짝을 맺었으니 자신을 잊지 말아 달라면서 신표를 건넵니다.

나정 쌤, 신표가 뭔가요?

쌤 신표라는 건 뒷날을 위하여 서로 주고받는 물건을 의미하는데요. 여인은 하생에게 신표로 금빛 자, 즉 금척을 건넵니다. 이윽고 두 사람이 서로 헤어져 돌아서니 그곳이 무덤 앞이었답니다.

붕이 헉, 그럼 설마 시체…?

쌤 문학은 풍부한 상상력을 바탕으로 하는 거잖아요. 아까 점쟁이가 밝은 빛이 땅속으로 들어가는 모습이라고 했지요? 이건 하생이 무덤 속의 여인을 만나게 될 것임을 암시한 것이지요. 자, 이제 하생은 어찌할까요?

그는 여인의 말대로 사람들이 많이 다니는 시장에 가서 금척을 꺼내 놓습니다. 얼마 후 여인의 친정 노비들이 하생이 내놓는 금척을 보았지요. 그리고 하생을 무덤을 도굴한 도둑으로 몰아세웁니다. 하생 입장에서는 억울한 일이지요. 하생은 여인의 부모에게 가서 어젯밤 있었던 일을 사실대로 말합니다. 그리고 자초지종을 들은 여인의 부모가 곧 무덤으로 가서 그곳을 파헤치지요. 결국 여인은 살아납니다. 하생이 원하던 대로 된 것이죠.

나정 죽은 이와의 만남이 다시 이어진 거네요.

쌤 맞아요. 하지만 다시 이어진 만남 역시 순탄치 않았답니다. 또다시 장애물을 만나게 되죠.

붕이 어떤 장애물이요?

쌤 바로 여인의 부모들입니다. 하생이 별다른 벼슬도 없는 데다가 부모도 없고, 집도 가난한 것을 알고 두 집안이 어울리지 않는다는 이유로 딸과 하생의 결혼을 허락하지 않지요.

나정 힐, 나빴다. 죽은 딸을 살려 놓은 걸 고마워한다면 당연히 혼인시켜 줘야 하는 거 아닌가요?

쌤 물론 그렇게 볼 수도 있지요. 그러나 부모는 반대합니다. 두 사

25

람의 사랑은 이루어질 수 없는 걸까요? 열여섯 살의 아리따운 이 소녀는 의지가 강한 여인이었습니다. 식음을 전폐한 채 부모를 설득하지요. 결혼 아니면 죽음을 달라고 말이에요.

나정 와… 완전 멋져요.

쌤 부모를 설득할 때에도 여인은 시를 지어 부모에게 자신의 마음을 전합니다. 구구절절 심금을 울리는 시인데요. 한번 살펴볼까요?

아버지 어머니시여

지금부터 이제

다복하기를 바라신다면

자손을 편안하게 해주세요.

어찌 운명을 거역하시며

제 마음을 몰라주시나요.

기러기 화락하게 우는

해 뜨는 아침에 혼례를 올리고 싶어요.

아리따운 처녀 혼기가 찼으니

길일을 놓치지 말았으면 해요.

우리 둘 다시 만나는 게

저의 소원이고 저의 도리예요.

〈백주〉시로 맹세하나니

다른 마음 품지 않으려 해요.

이리 될 줄 알았다면

살아나지 않는 편이 나았을 거예요.

공강의 혼령 있으리니

그와 손잡고 함께 갈까 해요.

붕이 아, 정말 가슴이 아프네요.

쌤 이리 될 줄 알았다면 살아나지 않는 편이 나았을 거라고 하는 부분에서 참으로 가슴이 미어지죠. 참고로 〈백주〉라는 시는 남편에 대한 아내의 끝없는 사랑 노래랍니다. 공강이라는 여인이 그 노래를 부르며 수절을 지켰지요. 자, 하생과 여인은 결국 어떻게 되었을까요? 자식 이기는 부모는 없다는 말도 있지요? 그래요. 자식이 이겼답니다. 여인의 부모는 결국 둘의 결혼을 허락합니다. 신분을 초월한 사랑이 이루어진 것이죠.

나정 영화 〈타이타닉〉이 생각나네요. 그것도 신분을 초월한 아름다운 러브스토리잖아요.

쌤 그래요. 부부로 첫날밤을 보낼 때 하생이 여인에게 말합니다.

"새로 결혼하는 것도 매우 즐거운 일인데, 헤어졌던 부부가 다시 만나는 것이야 그 즐거움이 어떠하겠소? 나와 그대는 새 즐거움과 옛 정이 보통 사람들과는 다르니, 세상의 많고 많은 부부 가운데 우리와 같은 자가 누가 있겠소?"

그렇답니다. 이 둘은 여인이 무덤 속에 있을 때 부부가 되었고, 부모의 허락을 받은 지금도 다시 부부가 되었답니다. 진한 인연이지요. 하생의 말에 여인이 답합니다.

"일찍이 들으니 불교에 삼생설三生說이 있는데 과거, 현재, 미래가 바로 이것이라 합니다. 과거에 이미 낭군과 더불어 부부가 되었고 현재 또 낭군과 더불어 부부가 되었는데, 다만 미래에는 어찌될지 모르겠습니다. 삼생의 인연을 맺은 일이 예전에도 있었습니까?"

붕이 다음 생에도 함께 하고 싶다는 말인가요?

쌤 그래요. 여인은 과거에도 현재에도 사랑하는 하생과 부부의 연을 맺었고, 가능하다면 미래에도 부부의 연을 맺고 싶다는 마음을 가지고 있답니다. 점쟁이 말을 듣고 간 곳에 나의 인연이 정말 있을 줄 누가 알았을까요?

동구 그 후로는 어떻게 됐나요?

쌤 우리 주위에도 결혼하고 뭐든지 잘 풀리는 사람들이 종종 있지요. 결혼 전에는 하는 일도 잘 안되고 답답하게 지내다가 결혼 후에 좀 더 성숙해지고 안정적으로 되어서 모든 일이 잘 된다고 할까요? 하생 역시 그런 운 좋은 사람이었답니다. 좋은 배필을 얻고 과거 시험에도 합격하여 나중에는 상서령, 종일품 벼슬로 요즘으로 치면 장관 정도까지 올라갔네요.

나정 쌤, 쌤도 혹시 그런 경우인가요?

쌤 으하하하.

나정 왜 웃으세요?

쌤 그냥 넘어가죠.

나정 네.

쌤 아무튼 하생과 여인은 부부가 되어 사십여 년을 함께 행복하게 살았답니다. 두 아들을 두었는데 이들도 모두 세상에 이름을 날렸지요. 재미있는 사실이 있는데요. 하생이 혼인을 정한 날 낙타교 거리에 있던 그 점쟁이를 찾아갔답니다. 그런데 그 점쟁이는 이미 자리를 옮기고 없었다고 하네요.

붕이 안타깝네요. 점쟁이를 만나면 고맙다고 사례라도 듬뿍 했을 텐데.

쌤 그러게 말이에요. 어쩌면 점쟁이는 현실 속 인물이 아니었는지도 모르지요. 자, 어쨌든 오늘 배운 〈하생기우전〉을 보면서 쌤이 말해 주고픈 게 있는데요.

붕이 넵. 받아 적을 준비되었답니당!

쌤 하하, 적을 필요까지는 없고요. 그냥 듣고 이해만 해도 충분해요. 앞으로 살면서 세상일이 항상 잘 풀릴 거라고만 생각하면 안 됩니다. 대입이나 취업, 승진, 혹은 연애나 사랑 모든 면에서 마음처럼 되지 않을 때도 많거든요.

나정 정말 그런 것 같아요. 벌써부터 걱정이 돼요.

쌤 물론 미리부터 걱정할 필요는 없답니다. 또 주저앉아 있거나 좌절해 있을 필요도 없지요. 가만히 있다면 아무 것도 변하지 않습니다. 하생이 학사에 계속 머물렀다면 과연 지금보다 잘 되었을까요? 꼭 그렇지만은 않았을 겁니다. 어쨌든 상황을 바꾸도록 조금씩 움직이는 것이 긍정적인 변화를 가져올 때가 많답니다. 커피라도 마시면서 도서관이나 집 근처 공원에도 가 보고요. 짧게 여행을 다녀오는 것도 좋아요. 그래서 다른 이와 만나고, 함께 이야기해 보세요. 그리고 이어질 짜릿한 운명에 몸을 맡기는 것도 나쁘지 않습니다.

나정 '짜릿한 운명'이라는 말이 너무 좋은 것 같아요.

쌤 혹시 아나요? 내 인연을 직접 만나지는 못하더라도, 점쟁이와 같은 유능한 조력자를 만날 수 있을지. 작품에서 점쟁이는 하생에게 만남을 주선하였고, 사소한 인연을 놓치지 않은 하생은 결국 사랑의 결실을 이룰 수 있었지요. 사랑의 시작은 만남이고, 그 만남의 시작은 어쩌면 작은 움직임에 있는 것 같기도 합니다.

나정 쌤, 근데 만남이 있더라도요, 이게 사랑으로 가기에는 너무나 멀고도 힘든 것 같아요.

쌤 나정이가 아주 잘 말했답니다. 모든 씨앗이 꽃으로 피어나지는 않지요. 마찬가지로 만남 역시 항상 사랑의 결실을 맺지는 못한답니다. 모든 과정에는 늘 어려움이 따르는 법이지요. 〈하생기우전〉에서도 사랑이 완성되기까지는 두 가지 장애물이 있었어요.

붕이 두 가지 장애물이 뭔가요?

동구 첫 번째는 이승과 저승의 차이이고, 두 번째는 부모의 반대 아닌가요?

쌤 동구가 잘 맞췄군요. 정답입니다. 흔히 저승으로 간 혼이 이승으로 돌아오는 내용의 소설을 명혼소설이라고도 하는데요. 여기서도 귀신이었던 여인이 이생과 사랑을 나누고 다시 살아나게 되지요. 또 신분 차이라는 현실적 조건에 연연하는 부모를 설득하는 것도 결국은 둘의 사랑이었답니다. 이것이 모든 것을 극복하게 했지요. 이런 것이 진정한 사랑이 아닐까 합니다.

나정 저도 정말이지 저런 사랑을 하고 싶어요.

쌤 그래요. 나정이도 꼭 그런 사랑을 할 수 있을 거라 생각합니다. 첫날인 오늘은 만남에 대한 것이었어요. 나비의 작은 날갯짓이 태풍을 일으키기도 하지요. 마찬가지로 우연하고도 사소한 만남이 우리의 내면에 불을 지르고 결국 영혼과 삶을 송두리째 바꾸어 놓기도 한답니다. 오늘 함께했던 이야기들이 앞으로 여러분이 겪을 사랑에 도움이 되었으면 하네요.

사랑의 시작은 만남이고 만남은 움직이는 것에서 시작합니다. 먼저 만나세요. 혹시 내 주위에 아무도 없다면 상대를 만날 때까지 움직이고 떠나세요. 어디로든 좋답니다. 그곳에 어쩌면 나의 작은 눈짓, 뛰는 심장, 여린 떨림을 알아채 줄 누군가가 있을지도 모르잖아요?

〈하생기우전〉, 기이한 상상 속으로 빠져들다

〈하생기우전〉은 조선 명조 때의 문인 신광한(1484~1555)이 쓴 한 문소설입니다. 『기재기이』라는 책에 수록되어 있지요. 작가 신광한 은 뛰어난 필력으로 27세에 문과에 급제하여 사헌부, 사간원, 홍문 관 등을 거치며 이조판서 및 예조판서 등 주요 관직을 두루 역임했습 니다.

이 작품은 고려시대를 배경으로 주인공 하생의 이야기를 하고 있습니다. 독특하게도 주인공이 여인의 혼령과 만나 사랑을 나누고, 또 여인이 사람으로 되살아나 혼인하게 된다는 내용이지요. 산 자와 죽은 자의 만남이라는 측면에서 전기적(傳奇的, 기이한 것)이라고 볼 수 있습니다. 작품 초반에 두 남녀의 만남이 이루어지는 부분도 매우 신비롭고 환상적이지요.

그리고 소설에서는 아주 흥미로운 인물이 등장하는데요. 바로 낙타교 아래에서 하생의 점을 봐준 점쟁이입니다. 그는 주인공의 운 명을 알려주는 예언자인 동시에 인물이 직면한 어려움(출세장애, 혼사 장애)를 극복하도록 도와주는 조력자 역할을 하고 있지요. 주인공은 점쟁이의 예언에 따라 행동함으로써 결국 자신의 연인을 만나게 됩

33

니다. 이 부분에서는 고전소설의 우연성이 잘 드러나고 있습니다.

　작품 끝부분은 꽤나 신비롭습니다. 모든 일이 잘 풀린 주인공이 점쟁이가 있던 곳을 찾아가지만 점쟁이는 이미 사라진 후입니다. 인연을 이어주고 새로운 운명을 개척하도록 만들어 준 조력자의 정체가 과연 무엇일지 독자의 호기심을 자아내기 위해 작가가 설정한 부분이라고 볼 수 있지요.

　『기재기이』에는 총 4편의 작품이 실려 있는데요. 〈하생기우전〉 외에도 주인공인 안빙이 꿈에서 꽃의 나라를 유람하고 돌아와 이야기를 쓴 〈안빙몽유록〉, 서재에 있는 문방사우를 의인화한 〈서재야회록〉, 강릉 태생 최생의 용궁 체험 이야기를 쓴 〈최생우진기〉가 담겨 있습니다. 작가의 풍부한 상상력을 잘 드러내고 있지요. 이 책의 발(跋, 책 뒷부분에 책의 성립·전래 등에 관해 적은 글)에는 다음과 같이 써 있답니다.

　장난삼아 쓴 것이 기이하게 할 뜻이 없었는데도 절로 기이하게 되었는데, 그 지극함에 이르러서는 사람을 흐뭇하게 하기도 하고 사람을 놀라게 하기도 하며 세상에 모범이 될 만한 것도 있고 세상을 경계시킬 만한 것도 있어 보통의 소설들과는 같이 놓고 이야기할 수가 없다.

사랑은 머리끝부터 발끝까지
내 모든 걸 바꾸어 놓았네

〈삼선기〉

쌤 반가워요, 여러분. 오늘은 날씨가 참 좋네요. 텃밭에는 봄동이 올라오고 담장 밑으로는 샛노란 개나리가 줄지어 피어 있습니다. 봄 내음이 물씬 느껴지네요. 다들 잘 지냈나요?

동구 네.

붕이 붕이는 늘 활기가 넘친답니다, 헤헤.

나정 나정이도 요즘 아주 좋아요. 쌤도 잘 지내셨죠?

쌤 물어봐 주니 고맙군요. 덕분에 잘 지냈답니다. 자, 다들 밝은 표정을 보니 쌤도 마음이 한결 가벼워지네요. 오늘 우리와 함께할 작품도 오늘의 날씨처럼 유쾌하고 즐거운 내용이랍니다. 제목은 〈삼선기〉예요. 무슨 의미일 것 같아요?

붕이 음… 삼선짜장?

나정 넌 먹는 것 밖에 모르니?

붕이 삼선짜장이 얼마나 맛있는데 그래? 그리고 자꾸 왜 날 구박해?

쌤 자자, 진정들 하고요. 〈삼선기〉는 음식이랑은 관련이 없답니다. 삼선三仙은 '석 삼'에 '신선 선', 말 그대로 세 명의 신선 이야기라는 뜻이지요. 이 작품 정말 재미있답니다. 들어가 볼까요?

붕이 네.

쌤 주인공은 이춘풍이라는 양반입니다. 학식이 높고 올곧은 성격의 도학자인데요. 그런데 이 양반에게 문제가 하나 있었습니다. 너무나 고지식하고 융통성이 없다는 것이지요. 돈을 부정한 것이라 여기고 벼슬을 혐오한 데다 남녀 간의 성생활도 추한 것으로 여겨서 결혼 생활 십 년간 남녀 간의 정도 모르는 인물이었답니다.

나정 아니, 그럼 결혼은 왜 했대요?

쌤 글쎄요. 양반들은 보통 나이가 차면 집안 어른들이 결혼 상대를 맺어 주니까 했겠죠? 여하튼 이춘풍은 부귀, 벼슬, 사랑 이 모든 것들을 멀리한 채 독서에만 전념하는 생활을 했답니다. 그러던 그에게 우연히 사건 하나가 벌어집니다.

붕이 어떤 사건이요?

쌤 홍제원이라는 곳이 있습니다. 중국 사신들이 서울의 성안으로 들어오기 전에 임시로 묵던 숙소이지요. 성묘를 가던 춘풍은 이곳을 지나다 큰 봉변을 당하게 됩니다. 이곳에 있던 한량들에게 붙잡힌 거죠. 벼슬에 뜻도 없이 쭈그리고 앉아 밤낮으로 공자, 맹자, 탱자 그 따위 것만 읽고 있느냐는 둥, 이곳을 지날 때마다 왜 우리를 거들떠보지도 않고 무시하냐는 둥 춘풍은 이들로부터 온갖 비방을 듣고 곤욕을 치르게 됩니다. 게다가 이들은 술을 마시지도 못하는 춘풍에게 술을 강요합니다. 억지로 술을 마시게 된 춘풍은 정신이 몽롱해지고 결국 쓰러지지요. 그러나 이런 위기에 빠진 춘풍을 돕고, 더 나아가 춘풍에게 마음을 빼앗기게 된 여인이 있었습니다. 그것도 무려 둘씩이나요.

나정 헐, 말도 안돼요. 왜 갑자기 춘풍에게 마음을 빼앗기죠? 인생의 즐거움도 모르는 지루한 도덕군자에게 말이에요?

동구 잘은 모르겠지만 어쩌면 여자에게 있는 일종의 보호본능이 작용한 게 아닐까요? 단정한 선비가 무인들에게 억압과 조롱을 받고 있는 상황에서라면 그럴 수도 있을 거 같은데요.

쌤 아주 놀라운 분석이네요. 좋습니다. 작품을 자기 나름의 관점으로 해석하는 것도 훌륭한 감상 방법입니다. 계속할까요? 자, 이 여인들의 이름은 유지연과 홍도화였습니다. 지연과 도화, 이름이 아름답지요? 네, 이들은 기생이었습니다. 그러나 기생을 단순히 몸만 파는 여자로 생각해서는 안 됩니다. 이들은 어렸을 때부터 교육을 받아 음률과 문필이 뛰어나고 외모 역시 출중한 여인들이었거든요. 그 후 지연과 도화는 남장을 하고 춘풍을 찾아갑니다. 그리고 스승과 제자, 즉 사제의 관계를 맺게 되지요.

붕이 쉽게 말해서 여자들이 먼저 접근한 거네요.

쌤 네. 여자들이 먼저 작업을 건 셈이죠. 사실 이 여인들에게는 목적이 있었습니다. 춘풍의 마음을 빼앗아 훼절시키겠다는 것이죠.

나정 훼절이요? 그게 무슨 뜻인가요?

쌤 훼절毀折은 한자를 풀이하면 지조나 절개를 깨뜨린다는 의미인데요. 다만 이들은 춘풍을 조롱하거나 깎아내릴 목적은 아니었습니다. 오히려 진정한 애정을 실현하기 위해 다가선 것이지요. 그리고 이들의 노력은 결국 성공한답니다.

붕이 와우, 어떻게요?

나정 넌 항상 그게 제일 궁금하지? 그렇지?

붕이 당연한 거 아냐?

쌤 자, 그 과정을 살펴볼까요? 춘풍과 사제 관계를 맺은 두 여인은 춘풍에게 학문을 배우면서 그를 설득해 함께 강산을 유람하게 됩니다. 물론 두 여인은 남장을 하였기에 춘풍은 이들이 여자라는 걸 전혀 눈치채지 못하지요.

평양에 대성산이라는 곳이 있습니다. 크고 작은 연못들이 많고 경치가 아름다워 평양팔경의 한 곳이기도 하지요. 세 사람은 유람 중에 이곳에 머무르게 됩니다. 그런데 사실 이것은 두 여인의 치밀한 계획이었습니다. 춘풍이 마치 하늘나라 사람인데

지상에 내려와 있는 착각에 빠지도록 여러 장치들을 만들어 놓
았지요. 그리고 두 여인은 선녀로 변장하여 교대로 밤중에 통
소를 불고 춘풍을 홀립니다. 결국 춘풍은 마음의 동요를 일으
키고 결국 그들과 사랑을 나누게 됩니다.

붕이 쌤, 과정을 좀 더 스페시픽하게, 다시 말해 좀 더 구체적으로 설
명해 주실 수 없을까요?

나정 야야, 그런 건 네가 직접 도서관에서 책을 빌려서 읽어 보면 되
잖아.

쌤 하하, 내용을 잠깐 살펴볼까요?

정성이 지극하면 돌부처도 말을 하고 솜씨가 능란하면 산 사람도
혼을 뺄지라. 이 학자의 빙설 같은 절개와 철석 같은 심장이 부지 중
에 녹았으니, 옛말에 하였으되 대장부의 강한 창자도 부인에게 혹
한다는 말이 명담이요, 순금의 굳은 물건도 풀무(불을 피우는 기구)
에는 녹느니라.

여하튼 모든 것이 밝혀지고 여인들은 춘풍에게 그간의 자초지
종을 설명합니다. 왜 남장을 하여 춘풍을 따라다녔고, 왜 선녀
로 변장했는지 말이지요. 그러면서 춘풍에게도 삶의 즐거움과
쾌락을 함께 누릴 것을 설득합니다. 중요한 대목인데 잠시 들
어 볼게요.

옛말에 성인과 어리석은 이는 바뀌지 못한답니다. 그러나 현인군자와 보통사람은 형편을 따라 고치는 도리가 있고 풍속을 쫓아 변하게 마련입니다. 만일 그렇지 않으면 자막집중을 면치 못하여 다리 기둥을 안고 물에 빠져 죽은 미생의 고집에 불과합니다.

붕이 쌤, 자막집중이랑 미생의 고집이 무슨 의미인가요?

쌤 자막집중子莫執中은 춘추전국시대 자막이라는 사람이 융통성 없

이 항상 중용만을 지켰다는 데서 유래된 말입니다. 미생의 고집
은 노나라 미생이라는 사람과 관련된 일화인데요. 그는 한 여
인을 다리 밑에서 만나기로 약속하였고, 시간에 맞춰 다리 밑으
로 나가 있었지요. 그런데 일이 생겨 여인은 약속 시간에 나갈
수 없었습니다. 그러는 중에 비가 와 다리 밑 개울물이 불기 시
작했고요. 그러나 미생은 약속 장소를 떠나지 않았고, 급기야
미생의 몸마저 물속에 잠기기 시작했답니다. 결국 미생은 물에

빠져 죽고 말았지요. 참고로 여기서 나온 한자성어가 미생지신 尾生之信입니다. 융통성이 없는 고지식하다는 의미지요.

동구 그렇군요. 춘풍이 변하지 않으면 융통성 없는 미생과 같다는 말이네요.

쌤 그렇습니다. 춘풍은 여인들의 말을 듣고 곰곰이 생각해 봅니다. 지금까지 속은 것이 분하긴 했지만 춘풍도 그리 속 좁은 남자는 아니었나 봅니다. 두 여인을 받아들이기로 하지요. 그가 뭐라고 생각하는지 한번 볼까요?

하루아침에 기생첩을 쌍으로 끼고 집에 들어가기도 난처하고 또 저 양인이 금세 규중부인이 되지도 못할 일이며, 또 따로 살림을 차리는 것도 맞지 않는 일이다. 내 이미 첩을 두고 방탕할진대 도로 온자한 체하면 그거야말로 표리부동이다.

나정 겉과 속이 다르지 않도록 아예 바뀌기로 결심을 하고 있네요.

쌤 그렇습니다. 어찌 보면 춘풍은 변해야 할 때를 아는 남자입니다. 이렇게 한 남자와 두 여자는 서로 인연을 맺고 춤과 노래로 세월을 보냅니다. 그러다가 이번엔 새로운 사업을 시작하지요.

나정 어떤 사업이요?

쌤 평양 한복판에 교방을 엽니다. 교방이 뭔지 아나요? 사전에는 기생 학교라고 되어 있는데요. 기녀를 관리하고 가르치는 곳이었답니다. 아까도 얘기했지만 당시에 기생은 단순히 몸을 파는 여인들은 아니었답니다. 춤과 노래, 시와 문장에 능해야 했지요. 그리고 이런 교방 출신의 기녀들은 풍악과 접대를 도맡아 하며 당시 사회의 풍류를 담당했답니다. 춘풍은 교방을 창건하고 모가비, 지금으로 치면 우두머리가 됩니다. 두 여인은 교방의 수석이 되었고요. 이들은 24교방을 거느리게 되네요.

붕이 허, 사업 수완이 좋았나 봐요. 체인점까지 낸 걸 보면요. 무려 스물네 개나 말이죠.

쌤 하하, 그렇게 볼 수 있나요? 중간에 춘풍은 누명을 써서 귀양을 다녀오기도 하고 새로 부임한 사또로부터 위기를 겪기도 하지만 강직한 성품과 주위 사람들의 도움으로 어려움을 극복해 갑니다. 그리고 세 사람은 평양 대성산 아래에 집을 짓지요. 모든 세상 영욕을 부운에 붙이고 금서(琴書, 거문고와 책)를 즐기면서 여생을 행복하게 살다 갔답니다. 세상 사람들이 그들을 일컬어 '지상삼선'이라 불렀지요. 이게 바로 작품의 제목이기도 합니다.

나정 쌤, 세상 영욕을 부운에 붙였다는 게 무슨 의미인가요?

쌤 영욕이란 영예와 치욕으로 속세의 모든 일들이라고 보면 됩니다. 부운은 뜬 구름을 말하는데요. 학문을 하는 것, 출세하는 것, 그래서 이름을 날리고 권력과 부귀를 얻는 것, 이 모든 게 뜬 구름처럼 부질없고 허황된 것이라는 의미이지요. 두 여인을 만나기 전의 이춘풍을 생각해 보세요. 관념적이고도 억압적인 도덕적 구속에 꽉 매여 살았지요. 그게 과연 진정으로 행복한 삶일까요? 어쩌면 두 여인은 이런 도덕적인 위선에서 벗어나 마음껏 즐기고 만족할 만한 삶을 춘풍에게 가져다주지 않았나요? 그런 의미에서 이 소설이 궁극적으로 우리에게 무엇을 말하고자 하는지 생각해 볼 필요가 있는 것 같아요.

동구 우리 마음속의 욕망을 너무 구속하고 억제하기보다는 그것을 인정하고 함께 가야 하는 것을 알려 주는 것 같아요. 마치 삶의 동반자처럼 말이에요.

쌤 훌륭한 답입니다. 욕망이란 자연스러운 것입니다. 이것은 굳게 감긴 눈을 뜨게 만들고 우리를 보다 인간적으로 만든답니다. 고지식한 삶에서 벗어나 마음이 향하는 대로, 원하는 대로 살 필요가 있다는 것도 설득력이 있는 이야기지요. 남녀 간의 사랑은 진솔한 것이랍니다. 어쩌면 작가는 좀 더 본능에 솔직해질 필요가 있다고 말하고 싶은 게 아닐까요?

나정 쌤, 저는 사랑은 변신과도 같다는 생각이 들어요.

쌤 호오… 나정이는 왜 그렇게 생각하지요?

나정 여기서 보면 두 여인은 목적을 가지고 단계적으로 접근하잖아요. 먼저 남장을 하고, 그 다음에 사제 관계를 맺고요. 선녀로 변장해서 목적을 달성하게 되요. 결국 모두 연인이 되어 좋은 결말로 끝났게 되었지만요. 그 과정에서 주인공 춘풍은 모든 게 바뀌잖아요. 그리고 보면 사랑이란 상대의 모든 걸 바꾸어 놓을 수 있는 것 같아요. 연애지침서 같은 데 보면 결혼해도 사람은 바뀌지 않는다고 하는데 전 동의할 수 없어요. 사랑은 머리끝부터 발끝까지 모든 걸 바꿀 수 있는 것 같아요. 그래서 사랑은 강렬하지요.

쌤 이야, 맹자가 말하길 군자에게는 세 가지 즐거움이 있다고 했거든요. 그중 하나가 천하의 영재를 얻어 교육하는 것인데요. 지금 그런 즐거움이 쌤 마음에서 움찔움찔 느껴지네요.

나정 호홋, 과찬이시옵니다.

붕이 너 뭐 잘 못 먹었냐? 오늘 왜 이래? 응?

나정 흥, 입 좀 다물어 줄래?

쌤 자, 〈삼선기〉를 살펴보며 서로 이야기를 나누어 보았는데요. 무엇보다 다양한 여러분들의 견해를 들을 수 있어서 좋았답니다. 앞으로도 계속 자신의 생각을 이야기하면 좋겠네요. 문학이란 것은 결코 고정된 것이 아니에요. 오히려 독자가 그 의미를 새롭게 만들어 가면서 생명력을 얻는 것이지요.

붕이 넵.

쌤 오늘은 만남에 대한 두 번째 시간이었습니다. 나정이도 얘기했지만 만남은 우리 삶의 나침반을 아예 바꾸어 버리기도 한답니다. 한 쪽 방향만이 옳은 것이고 절대 진리인 줄 알았지만 사실 삶에는 정답이 없거든요. 저 방향으로도 가 볼 계기를 마련해 주는 것이 바로 만남의 가치가 아닌가 합니다.

프랑스의 철학자 앙리 베르그송이 이런 말을 했어요. "존재하는 것은 변화시켜야 한다. 변화시키는 것은 성숙하게 만드는 것이다."라고요. 만남은 변화를 이끌어내고 이런 변화는 결국 인간을 성숙하게 만든답니다. 이춘풍도 만남을 통해 변화했고 행복의 본질에 좀 더 다가서는 성숙한 인간으로 거듭나게 되었지요. 그렇기에 만남은 위대한 것입니다.

여러분의 앞에도 변화와 성숙을 위한 만남이 분명히 있을 거라 생각합니다. 다음 시간은 만남이라는 주제의 마지막 시간입니다. 새롭고도 재미있는 작품으로 찾아 뵙지요.

쌤의 한마디

만남은 변화이고 변화는 성숙입니다. 만남을 통해 기존에 맹신했던 내 생각과 가치관이 송두리째 바뀌는 사랑을 경험할 수도 있답니다. 만남 그리고 변화를 두려워하지 마세요. 이런 경험은 궁극적으로 우리를 진정한 행복으로 이끌 수도 있답니다.

〈삼선기〉,
개방적인 조선의 일면을 보여 주다

〈삼선기〉는 작자와 창작연대 모두 미상인 조선시대 국문소설입니다. 제목에서 알 수 있듯이 한 남자와 두 여인을 세 신선으로 비유하고 있지요.

이 작품은 고매한 도학자 이춘풍을 주인공으로 합니다. 어느 날 춘풍은 홍제원을 지나다 무관들에게 곤욕을 당하지요. 그 자리에 있던 두 기생은 남장을 하고 춘풍을 찾아가 사제의 관계를 맺습니다. 그들은 춘풍과 함께 강산을 유람하던 중 가짜 선녀 행세를 하여 마침내 춘풍을 훼절시키지요. 나중에서야 자초지종을 들은 춘풍은 그들을 용서하고 즐거운 생을 보냅니다. 이후 평양에 교방을 창건하고, 두 기생은 수석이 되어 스물네 개의 교방을 거느리게 됩니다. 이 셋은 세상의 영욕을 멀리하며 평양 대성산 아래에 초당을 짓고 살아갑니다. 사람들은 그들을 '지상삼선'이라고 부르지요.

조선시대는 유교의 문치주의가 강력한 사회였습니다. 과거 시험도 문반과 무반을 따로 치렀으며 일반적으로 문반이 무반보다 우위로 인식되었지요. 문반인 춘풍은 고지식하다 못해 꽉 막힌 인물이었습니다. 결혼생활 10년 동안 남녀의 정도 모르는 상태였지요. 세상 물정 모르는 그의 모습은 당시 지식인이라 자부했던 문반들의 모습을 그대로 드러냅니다. 그리고 그가 무인들에게 조롱당하는 것은 문반의 특전의식에 대한 비판이자 무반의 잠재적 불만이 표출된 것으로 볼 수 있지요.

춘풍은 두 여인을 만난 이후 완전히 변하게 됩니다. 도덕군자가 기생의 모가비가 되고 교방의 주인까지 되지요. 이는 기생과 교방을 천시한 기존의 의식에 대한 비판이 담겨 있습니다. 계戒의 영역, 즉 사회규범뿐만 아니라 색色의 영역, 즉 원초적인 본능 역시 우리의 삶에서 중요한 부분을 차지하고 있다는 당시의 시대정신과 사회의식이 반영된 것이지요.

〈삼선기〉에서 작가는 주인공 이춘풍의 변화된 모습을 긍정적으로 그려내며 작품을 마무리 짓습니다. 아마도 본성을 따르며 조화를 이루는 삶이야말로 가장 훌륭한 삶이라고 작가는 말하고 싶었던 게 아닐까요?

그 방에는
한 남자와 두 여자가 있었단다

〈정진사전〉

쌤 자, 벌써 세 번째 시간입니다. 고전문학이 어렵지만은 않지요?
우리가 학교에서 어렵게 배우고 시험을 위해 공부하는 목적으
로만 읽어서 그렇지 사실은 매우 재미있답니다. 특히 우리의 삶
과도 밀접한 '사랑'이라는 주제로 읽는다면 더욱 그렇지요. 오
늘 볼 작품은 〈정진사전〉입니다. 이 작품에서 초반 남녀 간의
만남은 꽤나 독특하게 시작합니다. 이른바 '척하기'인데요. 읽
는 내내 독자들을 몰입하게 만드는 요소이지요.

붕이 와, 재밌겠네요.

쌤 바로 볼까요? 소설의 배경은 충청도 괴산입니다. 양반인 정 진
사에게는 아들 창린과 딸 귀봉이 있었답니다. 특이하게도 이

49

남매는 얼굴 생김새와 목소리가 아주 비슷했지요.

나정 어, 제 친구도 그런 애 있어요. 자기 오빠랑 얼굴이 완전 쌍둥이 같아요.

쌤 창린, 귀봉 남매도 그랬나 봅니다. 그리고 이웃에는 춘경, 옥련이라는 양반가 여인네들이 살았는데요. 마침 귀봉, 춘경, 옥련 이 세 처녀는 나이도 같고 성품도 착해서 서로 친하게 지냈지요.

붕이 창린이는 같이 안 놀았나요?

쌤 조선은 유교를 주요 이념으로 하던 사회였어요. 남녀칠세부동석이란 말도 있듯이 처녀들이 있는 곳에 남자는 특수한 경우가 아니면 함께하지 않았지요.

붕이 아항, 그렇구나.

쌤 그러나 어디에나 예외는 있는 법이지요. 그리고 그 예외를 통해 새로운 삶이 펼쳐지기도 하고요. 어느 날 저녁 춘경과 옥련이 함께 놀다가 귀봉이에게도 놀러오라는 말을 전하려고 시비(侍婢, 여종)를 보냅니다. 마침 귀봉이는 집에 있었지만 몸이 아파서 가지 못할 상황이었지요. 귀봉은 춘경의 시비에게 갈 수 없다고 대답했답니다. 그러나 오빠인 창린은 이 말을 엿듣고 호기심이 동했지요. 앞집 처녀와 옆집 처녀를 보고 싶다는 마음이 불현듯 든 겁니다.

나정 호호, 역시 마음이 문제네요.

쌤 자, 어떻게 했을까요? 마음이 동하면 일단 움직여야겠죠? 창린은 누이동생의 침방으로 몰래 들어가서 동생이 벗어 놓은 옷가지를 꺼내 입고 단장을 한 다음 춘경과 옥련이 있는 곳으로 향합니다. 앞에서 남매가 쏙 빼닮았다고 얘기했죠? 동생의 옷을 꾸며 입은 창린은 누이동생 귀봉의 모습 그대로였답니다. 춘경과 옥련 역시 아무런 거리낌 없이 반갑게 맞이했지요.

나정 어머나, 여탕에 남자가 들어간 셈이네요.

쌤 하하, 그런가요? 자, 창린은 춘경이랑 옥련과 이야기도 나누고 함께 놉니다. 방 안에는 한 남자와 두 여자가 있는 셈이지요. 그러다가 창린은 몸이 아프다면서 자리에 눕습니다. 친한 친구가 몸이 아프다니 두 처녀가 가만히 있을 수 없겠죠? 정성껏 간호해 줍니다. 창린은 두 처녀의 무릎과 다리를 베고 희롱하지요. 밤늦도록 이야기를 하고 놀다가 이들은 글짓기를 하고 지은 글을 서로 바꾸어 읽어 보기로 합니다. 그리고 여기서 창린의 짓궂은 장난이 시작됩니다.

글을 읽고 두 처녀는 그제야 옆에 있는 건 귀봉이 아닌 창린임을 알게 되지요. 어떻게 할까요? 얼굴을 붉히며 황급히 달아났답니다. 물론 이 사실은 다음날 세 집안 모두에게 알려지게 되지요. 춘경과 옥련의 부모는 창린이 한 짓에 괘씸한 마음이 들었지만 다른 한편으로는 그것이 연분인 것 같다고 생각을 했어요. 이것을 인연으로 창린은 두 처녀와 동시에 약혼하게 됩니

다. 이웃집의 두 부모들이 허락한 것이지요.

붕이 와우, 부모님 완전 쿨하네요.

쌤 춘경의 아버지가 뭐라고 하는지 잠시 들어볼까요?

근래에 처자들은 주변이 좋아 혼인을 저희끼리 정하니 처자들은 가히 왈패(曰牌, 말이나 행동이 단정하지 못하고 수선스럽고 거친 사람)로다.

이렇게 잠시 꾸짖기는 하지만 결국 약혼을 허락하지요. 사실 요즘이야 남녀가 한 방에 있는 게 대수롭지 않을지도 모르지만 조선 시대에는 절대로 그렇지 않았거든요. 그런데 또 재미있는 일이 벌어집니다. 아까 두 처녀 중 하나인 춘경에게는 사촌오빠인 관철이 있었는데요. 이 관철이가 춘경의 집에 놀러 왔답니다. 얼마 전에 창린에게 속은 것이 생각난 춘경은 창린의 여동생 귀봉이를 골려줄 꾀를 떠올리죠. '당한 만큼 똑같이 갚아 주자.' 이거예요. 춘경은 사촌오빠인 관철이와 짜고 그에게 여자 행색을 시켜 귀봉이의 침방에 들여보냅니다. 그곳에서 이틀이나 묵게 하지요. 마지막에 광철이 자고 있는 귀봉의 손을 잡고 입을 맞추면서 신분이 탄로나지만요.

나정 헐!!

쌤 물론 이러한 사실도 모두에게 곧 알려지게 됩니다. 양쪽 집안

부모들 모두 크게 노하였지요. 그러나 어쩌겠습니까? 이미 엎질러진 물인 것을. 관철이와 귀봉이도 그 사건으로 약혼을 하게 됩니다.

동구 크크크, 완전히 만남과 꼬임의 연속이네요.

쌤 네. 집안끼리 만남과 약혼이 교차되는 재미있는 일이 벌어진 셈이지요. 자, 약혼은 했지만 혼인은 어찌 될까요? 약혼이 혼인으로 이어지기까지는 누군가의 도움이 필요했답니다. 그건 바로 임금이지요.

붕이 와, 대박이다.

쌤 약혼을 한 무렵 조정에서는 인재를 뽑기 위해 과거가 실시되었답니다. 창린은 서울로 올라가 과거에 응시했지요. 그리고 당당히 장원 급제를 하여 임금의 치하를 받게 됩니다. 장원 급제자로서 임금과 이런 저런 얘기를 하다가 그가 두 처녀와 약혼한 사실을 임금이 알게 되지요. 임금님 역시 쿨합니다. "그럼 춘경을 좌부인, 옥련을 우부인으로 하면 되겠군." 이라고 결정을 내립니다. 창린은 임금의 명을 받들어 두 처녀와 결혼을 하지요. 때를 맞춰 귀봉과 관철도 결혼을 하게 됩니다.

나정 임금님 멋지네요.

쌤 여기까지가 〈정진사전〉의 만남과 인연에 대한 내용이었습니다. 여장남자 이야기와 두 여인을 함께 취하는 내용이 상당히 흥미롭죠?

붕이 쌤, 뒷부분도 마저 이야기해 주셔야죠.

나정 맞어맞어.

쌤 그럴까요? 이후에도 아주 파란만장한 스토리가 펼쳐지죠. 결혼 후 창린은 관직에 나아갑니다. 그리고 좌부인 춘경과의 사이에서는 아들 금석이를, 우부인 옥련과의 사이에선 딸 채순이를 낳지요. 또 암행어사 시절 자신의 목숨을 구해준 일지라는 여인을 첩으로 두고 그녀와의 사이에서 아들 성출도 낳습니다.

붕이 부인이 둘씩이나 있는데 첩을 또 두었네요.

쌤 네. 첩을 얻게 된 배경이 흥미로운데요. 정 진사가 평안도에 암행어사로 가서 임무를 수행하던 중 물에 빠져 목숨을 잃을 위기에 처합니다. 그 때 일지가 도와주면서 인연이 이어지게 된 것이죠.

동구 그렇군요.

쌤 조선시대 축첩제도는 가정적으로도 사회적으로도 문제가 되었지요. 특히 처첩 간에는 사이가 좋을 가능성이 거의 없지요. 여기서도 마찬가지입니다. 첩으로 들어온 일지는 춘경과 옥련을 미워합니다. 아니, 증오라는 표현이 더 적절할까요? 첩이라는 열등한 지위가 일종의 콤플렉스처럼 작용하는 것이죠. 그래서 상상치도 못한 다양한 방법들을 구사하여 부인들을 제거하려 듭니다.

나정 어떤 방법들인데요?

쌤 본부인 두 명 중 일차 타깃은 옥련이었습니다. 일지에게는 몰래 정을 통하는 남자가 있었는데요. 그와 공모하여 먼저 옥련의 필적을 위조한 편지를 만들어내지요. 이 편지에는 남자와의 사랑 이야기가 쓰여 있었습니다. 이걸 근거로 옥련이 외간 남자와 정을 통한다고 모함을 하였지요.

붕이 아니… 외간 남자와 정을 통하고 있는 건 정작 본인이면서 다른 사람을 모함하고 있네요.

쌤 그러나 사람들은 평소 옥련의 행실이 곧고 정숙했던 점 때문에 이 사실을 믿지 않았습니다. 그러자 일지는 두 번째 계책을 쓰지요. 바로 춘경의 아들 금석이와 자신의 아들 성출이를 죽이고 옥련에게 그 죄를 뒤집어씌우기로 한 겁니다. 그러나 몰래 다듬이돌로 짓눌러 놓은 금석이는 즉시 발견되어 목숨을 건지지만 성출이는 그만 죽어 버리고 말았죠.

나정 헉, 세상에나. 라이벌을 몰아내기 위해 자신의 아들까지 죽이다니요.

쌤 독한 여자이지요. 일지는 자신의 아들을 죽인 것이 옥련이라고 주장합니다. 그러나 아직도 사람들은 반신반의하지요. 그러자 일지는 옥련을 몰아 낼 최후의 계책을 마련합니다. 자신의 연인을 시켜 밤중에 옥련의 방문에 숨어 있다가 시아버지인 정 진사가 보는 앞에서 도망치도록 하지요. 열 번 찍어 안 넘어가는 나무 없다지요? 일지의 계책은 성공합니다. 결국 옥련은 외간남자와 음란한 짓을 하고 일지의 아들 성출을 죽였다는 누명을 쓰고 집에서 쫓겨나게 됩니다.

붕이 허, 정말 나쁜 여자네요. 근데 남편인 창린은 뭘 하고 있었나요?

쌤 당시에 청나라에 사신으로 가 있었거든요. 남편이 출장 간 사이에 집안에서 이런 엄청난 일들이 벌어진 셈이지요.

붕이 저런.

쌤 자, 옥련은 쫓아냈고 이제 남은 건 춘경이죠. 일지는 봉돌이라는 난봉꾼을 끌어 들입니다. 그를 밤중에 춘경의 침소에 들여보내 납치하도록 계획을 세우지요. 봉돌이는 약속된 날 춘경의 침소에 몰래 들어갔습니다. 그러나 다행스럽게도 춘경은 자기 방에 없었어요. 꿈속에 한 노인이 나타나 피하라고 말해 주었거든요. 방 안을 살피던 봉돌이는 마침 옆방에 몰래 숨어서 자신을 엿보고 있는 일지를 발견했습니다. 그리고는 달려들어서 무작정 그녀를 업고 몇 백리나 떨어진 곳으로 달아나 버리지요.

동구 아놔.

붕이 크크크, 한마디로 아주 골 때리네요.

나정 제 꾀에 제가 당한 셈이군요, 호호호.

쌤 그렇답니다. 뜻하지 않게 변을 당한 일지는 봉돌이가 운영하는 술집에서 술을 팔면서 구박 받고 살아갑니다. 하지만 그녀 역시 그렇게 당하고만 있을 수만은 없죠. 그녀는 음란한 관계에 있는 다른 장돌뱅이와 짜고 탈출을 시도합니다. 그러다가 발각되어 결국 장돌뱅이는 맞아죽고 봉돌이와 일지는 살인죄로 몰려 옥에 갇히게 되지요.

나정 악인이 벌을 받게 되는군요.

쌤 네. 사필귀정이란 말도 있듯이 모든 일은 반드시 올바르게 돌아가게 됩니다. 창린은 중국에서의 사신 업무를 마치고 드디어 집으로 돌아옵니다. 그리고는 지금까지 일어난 모든 사실을 알게 되지요. 그는 춘경과 옥련을 다시 데려옵니다. 그리고 일지는 멀리 추방되어 장터에서 도적질로 연명하는 비참한 말로를 맞게 되지요.

붕이 흠, 그렇군요. 역시 사람은 악하면 안 된다니까. 쯧쯧.

동구 그래도 목숨은 살려줬네요. 처첩 간의 갈등을 그린 비슷한 작품인 〈사씨남정기〉에서는 죽임을 당하던데.

쌤 작품마다 조금씩 차이는 있겠지요. 자, 우리의 주제인 만남으로 돌아와 볼게요. 주인공 창린은 여장을 하고 관심 있는 처녀들이 있는 곳으로 들어갔습니다. 장난기도 있었지만 사실 대담했습니다. 혹시나 문제가 발생하면 거기에 대해 무거운 책임을 지게 될 수도 있었으니까요. 그래도 여동생인 척 능청을 떨고 아픈 척도 하면서 방에서 여인들과 즐거운 시간을 보냅니다. 상상만 해도 참 재미있는 광경이죠.

상대방과 의미 없이 지나치는 사이가 아니라 만남을 통해 서로 알아 가는 사이가 되기 위해서는 계단을 하나 올라가야 하는데요. 그 계단의 이름이 바로 용기입니다. 만남을 위해서는 약간의 용기가 필요한 것이죠. 어쩌면 우리는 그 작은 용기가 없었기 때문에 무수히 많은 계단을 그냥 지나치진 않았는지 생각해 볼 필요가 있습니다.

자, 만남의 주제로 한 마지막 강의가 끝났습니다. 옛 문학들을 한 작품 한 작품 알아 가는 재미도 있네요. 다음번 주제는 '고백'입니다. 만남에서 좀 더 발전한 단계이지요. 다음 시간에 봅시다.

쌤의 한마디

바람이 어디선가 불어옵니다. 그 바람은 나의 몸을 스쳐 지나갑니다. 그 찰나의 시간이 지난 후 나에겐 바람에 대한 어떠한 기억도 어떠한 의미도 남지 않습니다. 사람과의 만남 역시 마찬가지입니다. 지나침을 인연으로 만들기 위해서는 용기가 필요합니다. 조금은 대담해질 필요도 있습니다. 마음속에서 당신의 용기를 꺼내 보세요. 분명 어딘가에 웅크리고 있을 겁니다.

〈정진사전〉, 조선의 풍경을 담다

〈정진사전〉은 작자와 창작 연대 모두 미상의 한글소설입니다. 12회의 장회소설(여러 회로 나누어 쓴 소설)로 〈정도령전〉이라는 제목의 이본도 있지요.

작품의 전반부에서는 정 공자가 여장을 하고 처녀의 집에 들어가 속이고 놀다가 발각되는 모습을 그리고 있습니다. 이 부분은 매우 경쾌하고 희극적인 성격을 띠고 있지요. 이에 비해 약 삼분의 이를 차지하고 있는 후반부에서는 처첩 간의 갈등과 음모 · 살인 · 도피 · 처형 등 치밀하고 긴박감 넘치는 사건들로 이루어져 있습니다. 이를 통해 애정소설과 쟁총형(사랑을 다투는 형식)의 가정소설에서 소재와 구성을 빌려와 재구성한 작품임을 알 수 있습니다. 특히나 요즘 소설들처럼 내용이 상당히 현실성 있지요. 사건묘사가 매우 구체적이고 인물의 개성도 비교적 뚜렷한 편입니다.

처첩 간의 갈등은 조선 초 태종 때부터 시작됩니다. 이때부터 일부일처제가 붕괴되고 본처 외에도 첩을 둘 수 있게 되었지요. 그러나 첩의 법적 지위는 보장되지 않았습니다. 오직 제도적 차별만 있을 뿐이었지요. 일례로 첩의 자식은 서자라고 해서 차별을 받았습니다. 그들의 가장 큰 문제는 과거 시험을 볼 수 없었다는 것이었지요. 첩은 자신에게 가해진 차별이 그대로 대물림되는 것을 지켜봐야만 했습니다. 게다가 첩은 죽더라도 남편과 나란히 묻힐 수도 없었습니다. 죽어서까지 차별을 받는 존재였지요. 이런 상황에서 처첩 간의 갈등은 당연히 존재할 수밖에 없었고 가정과 사회에 많은 문제를 일으켰습니다. 수많은 서자들 역시 사회진출이 막혀 있는 조선의 현실에 좌절하였지요.

문학은 그 사회의 모습을 고스란히 반영합니다. 아마도 이런 현실의 모습을 알고 〈정진사전〉을 읽는다면 첩 일지가 정실부인을 몰아내고자 했던 마음이 조금은 이해가 되지 않을까요?

고백

좀 더 과감하게.

분명 운이

따를 거란다

프로포즈 받았을 때는
한 번에 예스하는 게 아니란다

〈사씨남정기〉

쌤 잘 지냈나요? 오늘은 고백에 대한 첫 번째 시간입니다. 심장이 쫄깃쫄깃해지는 만남 이후 우리는 늘 그 혹은 그녀와 사귈지 말지 고민하지요. 과연 어떻게 하는 것이 좋을까요? 그리고 어떤 사귐이 나에게 진정한 기쁨과 행복을 가져다줄까요? 옛 문학을 통해 그 답을 살펴보겠습니다. 그 전에 혹시 좋아하는 사람과 사귀었던 특별한 기억이 있으면 각자 말해 볼까요?

붕이 전 특별했던 기억들이 워낙 많아서 일일이 말하기 힘드네요, 헤헷.

나정 어머, 별꼴이야. 혹시 꿈속이나 컴퓨터 게임에서 만났던 거 아냐?

붕이　컹, 이게 아침부터 또 혈압 오르게 만드네.

쌤　자자, 동구는 뭐 떠오르는 기억이 없나요?

동구　저는 정말 없어요.

쌤　그런가요? 앞으로 좋은 기억을 많이 만들어 가겠지요. 자, 고백을 주제로 오늘 같이 볼 작품은 〈사씨남정기〉입니다. 아마 많은 사람들이 이 작품을 알 거라고 생각해요. 중고등학교 교과서에도 많이 나오니까요. 그런데 학교에서 배우는 고전작품들이 대체로 그렇듯이 시험을 위해 등장인물의 특성, 짧게 요약된 줄거리, 그리고 주제를 한 번 훑어 보는 정도로 끝나지요. 사실 그건 작품을 제대로 배운 게 아닌데 말이에요. 혹시 이 작품을 처음부터 끝까지 읽어 본 적이 있나요?

동구　아뇨. 대략적인 주제가 처첩 간의 갈등이라는 건 아는데요. 작품을 다 읽어 본 적은 없어요.

나정　저도 정실부인을 몰아내려고 첩이 모함을 하고 나중에 사실이 밝혀져서 벌을 받는다는 건 아는데요. 작품을 읽어 본 적은 없네요.

붕이　제목을 들어 보았던 것 같긴 한데 기억이 나질 않아요.

쌤　동구와 나정이는 대략적인 주제 정도는 알고 있네요. 좋습니다. 이 작품의 큰 틀은 바로 처첩 간의 갈등입니다. 남자 주인공인 유 한림과 그의 정실부인인 사 씨, 그리고 첩인 교 씨가 이 작품의 핵심 인물이죠. 특히 첩인 교 씨가 본부인 사 씨를 몰아내기 위해 각종 흉계를 꾸미고 실행에 옮기는 부분들이 흥미롭답니다. 대체로 교과서에 나온 부분 역시 이쪽에 초점을 맞추고 있습니다. 그런데 말입니다. 쌤이 개인적으로 이 작품에서 가장 재미있는 읽은 건 다른 부분입니다.

나정 그게 어딘데요?

쌤 바로 유 한림과 사 씨가 만나고 사귀게 되는 작품의 앞부분이죠. 이 작품에서 사귐은 두 남녀의 자유의지보다는 가문의 차원에서 이루어지는데요. 여기서 유 씨와 사 씨 집안 간에 미묘한 갈등이 나타납니다. 쉽게 풀릴 거라 생각했지만 풀리지 않는, 그래서 그 안에 담긴 맥락을 찾는 과정이 재미있지요. 이것이 우리가 오늘 함께 살펴보면서 생각해 볼 부분입니다.

붕이 와, 들어 보고 싶어요.

쌤 그럼 바로 시작할까요? 일단 제목인 〈사씨남정기〉부터 한번 보죠. 사 씨가 남정南征, 즉 남쪽으로 간 이야기입니다. 작품 중간에 첩인 교 씨의 모함을 받고 본부인 사 씨는 집을 떠나 남쪽으로 정처 없이 방황하지요. 그걸 제목으로 한 겁니다.
남자 주인공은 유연수입니다. 유연수는 예부상서를 지내다가 물러나 태자소사, 즉 태자를 가르치는 직함에 있는 유현의 아들이었지요. 참고로 태자소사는 종이품의 높은 벼슬입니다.
유연수는 십오 세에 장원 급제하여 정사품 벼슬인 한림학사에 제수됩니다. 제수라는 건 임금이 직접 벼슬을 내렸다는 의미인데요. 자, 아버지도 아들도 높은 벼슬에 있네요. 집안 조상들도 대대로 재상을 지낸, 속된 말로 **빵빵**한 가문입니다. 요즘으로 치면 드라마에 자주 나오는 재벌 집안이네요.

나정 게다가 둘 다 고위공직자니까 권력까지 짱짱하겠네요.

쌤 그런 셈이지요. 벼슬에 나아간 아들 유 한림이 결혼할 나이가 되었습니다. 상대를 찾아야겠지요? 전에 만남을 주제로 배울 때 살펴보았던 작품들의 공통점이 하나 있었는데요. 세 작품 모두 주인공이 자신의 연인을 직접 찾았던 것 기억나나요? 주인공이 자신의 의지를 가지고 이성을 만나면서 사랑이 싹트게 되었지요. 그러나 조선시대, 특히 양반사회에서는 그런 자유연애가 흔치 않았답니다. 오히려 부모가 자녀의 배우자를 결정해 주는 것이 일반적이었지요. 유 씨 집안 역시 마찬가지였습니다. 여기서 질문 하나 나갑니다. 집안에서 자녀의 배우자를 선정할 때 중요시했던 게 뭘까요?

붕이 아, 당연히 외모죠. 특히 여자라면 더더욱 따져 봐야지요.

나정 에휴, 너다운 답이다 정말. 쌤, 저는 외모가 아니라 품성일 것 같아요. 특히 조선시대라면 남편에게 얼마나 내조를 잘할 수 있느냐를 따졌을 거 같아요.

동구 저도 비슷하긴 한데요. 다만 언젠가 양반집 안주인이 될 여자니까 집안 경영능력이라고 해야 할까요? 지혜로움과 재능을 많이 보았을 것 같아요.

쌤 각자가 뚜렷한 관점을 갖고 있군요. 아주 좋습니다. 세상과 사람을 바라보는 자신만의 시각을 갖는 것이 중요하지요. 정답은 뭘까요? 답은 '모두 다'입니다. 외모도, 품성도, 재능도 모두 겸비해야 했지요.

나정 아이고, 시집가긴 예나 지금이나 힘들었구나.

붕이 헤헤, 그러게. 아마도 넌 정말 가기 힘들 것 같다.

나정 너 몇 대 맞고 싶지? 그치?

쌤 계속 볼게요. 아버지 유현은 아들에게 맞는 배필을 찾기 위해 여러 곳을 수소문합니다. 여러 매파들을 모아 놓고 괜찮은 처녀가 있는 곳을 물어 보았지요.

붕이 쌤, 매파가 뭐예요?

쌤 매파는 요즘으로 치면 중매쟁이지요. 근데요. 이 매파들이 모여서는 손뼉을 치며 허풍이나 떱니다. 색시 후보를 칭찬할 때에는 하늘 높이 들어 올리고, 헐뜯을 때에는 황천으로 떨어뜨립니다. 하도 떠들어 대서 아침부터 이야기를 시작해 한낮에 이르러도 결론이 나지 않습니다.

붕이 흐흐, 요즘은 결혼정보업체에 가입하면 다 해 줄 텐데.

나정 그래. 넌 꼭 거기에 가입해야 할 필요가 있을 것 같아.

쌤 자, 그 가운데 주파라는 가장 나이가 많은 중매쟁이가 있었습니다. 그녀는 묵묵히 듣고 있다가 이윽고 입을 엽니다. "만약 부귀한 집안을 원하시면 엄 승상 댁 손녀만한 규수는 없답니다. 또 어진 며느리를 원하신다면 사 급사 댁 처녀만한 규수는 없지요. 이 둘 중에서 결정을 하시지요."라고요. 만약 여러분이 라면 어떤 선택을 할래요?

붕이 저라면 사 급사 댁 처녀!

나정 저도 마찬가지요.

동구 저 역시.

쌤 네. 사람 보는 눈은 다들 비슷하군요. 유 소사 역시 사 급사 댁 처녀를 선택합니다. 여기서 사 급사는 사담이라는 사람을 지칭 하는데요. 그는 왕에게 올바른 소리로 직간을 하다가 귀양 가 서 죽은 강직한 선비였습니다. 급사는 관직 이름이고요. 예전 에는 사람의 성에다가 관직을 붙여서 불렀답니다. 김 부장, 최 과장 등 이렇게 말이에요.

붕이 아항, 그래서 아버지인 유현도 태자소사였으니 유 소사라고 하 는군요. 아들인 유연수도 한림 벼슬에 있었으니 유 한림이라고 하고요.

쌤 그렇죠. 그리고 후보로 오른 사 급사 댁 처녀 역시 사 소저라고 하지요. 소저는 아가씨를 의미하거든요. 좋습니다. 이제 결정 은 되었는데요. 이 여인이 과연 내 아들과 혼인을 맺을 만한 처 녀인지 확인을 해 보아야겠지요. 유 소사는 어떻게 할까요? 자 신의 누이인 두 부인의 도움을 받습니다. 그녀는 친분이 있는 여승을 그쪽 집안으로 보내 관음보살의 그림에다가 시를 한 편 써달라고 요청하지요. 처녀의 외모도 확인하고, 글짓기 능력도

볼 수 있으니까요.

나정 그래서 어떻게 했나요?

쌤 여승은 사 급사 댁에 가서 예정했던 대로 시를 부탁합니다. 처녀는 처음엔 거절하지만 재차 부탁을 받은 후에 결국 시를 지어 주지요. 그것도 아주 식견과 학식이 돋보이는 시로요. 물론 외모도 말할 것 없이 아름다웠습니다. 여승의 표현을 빌리자면 처녀야말로 진정한 관세음보살이라고 하네요.

붕이 '관세음보살이 예쁜가…? 흠…'

쌤 그 이야기를 들은 유 소사는 마음을 정합니다. '그래. 사 소저야 말로 내 며느릿감이야.' 라고 말입니다. 자, 어떻게 할까요? 요즘이야 만남 후 사귀게 되고 잘 풀리면 결혼까지 가지만, 이 당시에는 만남과 사귐, 그리고 혼인이 거의 동시에 이루어지게 됩니다. 잘 되면 아주 좋지만 그렇지 않으면 정말 답이 안 나오는, 소위 복불복이죠. 그렇기에 더욱 신중할 수밖에 없습니다. 게다가 양반 가문에서는 가벼운 만남과 쉬운 이별이 존재하기 어려웠지요. 그렇기에 혼인은 개인의 일이 아닌 가문의 중대사였습니다.

동구 그렇군요.

쌤 혼례를 진행하면서 중요한 것은 바로 예의입니다. 우리가 누군가와 사귈 때에도 상대방에 대한 배려를 바탕으로 기본적인 예의를 지키는 것이 필요하잖아요? 이른바 매너이지요. 이때도 마찬가지였답니다. 매너는 예나 지금이나 중요합니다. 꼭 기억하세요.

유 소사는 속으로 생각합니다. '사 급사 댁에는 남자가 없지. 매파를 통해 혼사를 의논해야겠어.' 라고요. 사 급사 댁에는 남자라곤 사 소저의 어린 동생인 소공자밖에 없었답니다. 사 급사는 아까 얘기한대로 귀양 가서 죽고 말았거든요. 원래 혼사란 집안의 가장끼리 만나서 의논하는 것이 맞는데 여자 쪽 집안에는 어린 남자아이 밖에 없네요. 그래서 대신 주파를 보냅니다. 그런데 재미있는 일이 벌어지지요.

나정 무슨 일이 벌어지나요?

쌤 볼까요? 주파는 사 급사 댁으로 갑니다. 그래서 사 소저의 어머니인 사 급사 부인을 만나지요. 중매인 입장에서 혼사를 진행하려면 어떻게 할까요? 일단 혼인을 청한 사람이 어떤 사람인지를 밝혀야겠지요? 그리고 가급적이면 그 사람의 장점에 대해 설명을 하겠지요. 예컨대 요즘으로 치면 '직업은 전문직에 연봉이 1억이고, 집은 강남 무슨 동에 살고 차는…' 이렇게 말이에요.

나정 크크크크.

쌤 그 다음에는 상대방 칭찬도 좀 해 줘야겠지요. 왜 결혼하고자 하는지 이유가 궁금할 테니까요.

붕이 흐흐흐.

쌤 주파는 자기가 맡은 대로 성실하게 했답니다. 먼저 사 급사 부인에게 말을 하지요. "유 소사 가문이 대대로 부귀하며 특히 한림의 문채와 풍류가 뛰어나답니다. 그래서 많은 집안에서 소사에게 혼인을 청하였지요. 그러나 소사께서는 사 소저의 외모가 국색(國色, 나라 안에서 으뜸가는 미인)이며 능력이 출중함을 듣고 혼인을 진행하고자 한답니다. 부인의 생각은 어떠십니까?"라고요. 나정이라면 이 말을 듣고 어떻게 하겠어요?

나정 아, 당연히 시집갈래요. 몰라몰라.

쌤 하하, 상당히 괜찮은 조건이죠. 주파의 말에 틀린 곳도 없고요. 사 급사 부인 역시 기뻤습니다. 마음속으론 이미 오케이죠. 그러나 딸과 의논은 해야겠죠. 부인은 딸의 방으로 가서 주파의 말을 전하고 그 뜻을 묻습니다. 그런데….

나정 … 그런데?

쌤 의외였답니다. 소저는 그 댁에 들어가기를 원치 않는다고 했습니다.

나정 헐, 왜요?

쌤 소저는 주파의 말에 의심스러운 점이 있다고 합니다. 소저가 말하지요. 군자는 덕을 귀히 여기고 색을 천히 여기는데 주파는 먼저 소녀의 색을 칭찬했다고요. 게다가 유 씨 가문의 부귀함은 자랑하면서 자신의 아버지인 사 급사의 덕에 대해선 아무 언급이 없었다고요. 주파가 미천해서 유 소사의 뜻을 잘못 전한 것인지, 아니면 유 소사가 예의를 지키지 않은 건지 모르겠다고 하지요. 그래서 청혼을 거절합니다.

나정 와, 아주 조목조목 논리적으로 말 잘 하네요.

쌤 소저의 어머니도 그 말을 듣고 소저의 뜻을 중시 여깁니다. 주파에게 거절의 뜻을 전하지요. 주파는 몹시 이상하게 여겼지만 어쩔 수 없이 돌아가 유 소사에게 아룁니다. 유 소사도 처음에는 거절의 뜻을 듣고 자못 불쾌했지요. 그러다가 주파가 그곳에 가서 했던 말을 상세히 듣고 난 후 자신의 잘못을 깨닫고 웃습니다. 유 소사도 학식이 뛰어난 사람인데 아마 거절당한 이유를 충분히 추측할 수 있었겠지요. 그리고 속으로 이렇게 생각했을 겁니다. '에휴… 널 보낸 내가 바보였구나.' 라고요.

붕이 헤헤헤.

쌤 자, 어떻게 해야 할까요? 이번에는 정말 제대로 일을 할 만한 사람을 보내지요. 격식도 차리고 직급도 높은 사람으로요. 유 소사는 지현을 보냅니다. 지현은 그 고을의 으뜸 벼슬아치이죠. 그리고 지현에게 미리 당부합니다. 그곳에 가서 꼭 사 급사의 청명(淸名, 청렴한 명망)을 흠모하고, 소저가 부덕(婦德, 부녀자의 덕행)을 갖추었다고 말하라고요. 지현은 사 급사의 집으로 가서 그대로 전합니다. 그리고 어떻게 되었을까요?

나정 오케이 했겠지요!

쌤 네. 드디어 승낙을 했답니다. 남녀가 연분을 맺고 두 집안이 연결되는 일이 성사된 거지요.

나정 아, 정말 잘되었네요.

쌤 자, 오늘은 '고백'에 대한 첫 번째 시간인데요. 우리는 사 소저를 보면서 고백과 관련한 하나의 철학을 얻을 수 있었답니다. 그게 무엇일까요? 동구 혹시 생각나는 것 있나요?

동구 음… 글쎄요. 일단 사 소저는 아주 현명한 것 같아요. 얼핏 보면 아주 좋아 보이는 기회가 왔는데도 그걸 덥석 물지 않고 한 번 더 신중하게 생각했지요. 그래서 결국 자신의 가치를 더 높일 수 있지 않았을까 하네요.

쌤 아주 훌륭합니다. 신중하게 대응해서 자신의 가치를 높였다는 부분이 인상적이네요. 참고로 이후에 이어지는 혼례식 장면은 쌤이 얘기하지 않았는데요. 그 때에도 유 소사는 사 소저의 명석함과 덕성을 극찬했답니다. 그리고 가문에 전해 오는 보물인 거울과 옥가락지를 선물로 주지요. 이 모든 것이 성급하게 서두르지 않고 현명하게 판단한 사 소저의 능력과 처신 때문이라고 할 수 있습니다.

흔히 만남에서 사귐으로 나아갈 때는 이런 저런 말이 오가지요. 쌤 생각에는 그 과정에서 손쉽게 승락하는 것보다 좀 더 신중한 자세를 취하는 것이 필요하다고 봅니다. 일반적으로 남자 쪽에서 사귐을 청하는 경우가 많으니 이건 여성들에게 해 주고 싶은 말이겠네요.

나정 쌤, 그럼 남자가 고백할 때 처음에는 무조건 튕기라는 말인가요?

쌤 무조건 튕기라기보다는 남자의 고백에 진실성과 예의가 갖추어져 있지 않은 경우, 혹은 부족하다고 느낀 경우에는 그것을 정중하게 요구하는 것이 필요하다는 뜻이에요. 남자 입장에서도 떨어진 사과를 대충 주워서 먹는 것보다는 가지에 매달려 있는 사과를 힘들여 따먹는 것이 더 만족감이 클 수 있거든요. 그리고 그런 진실성과 예의를 갖춘 남자야말로 이후에도 여성을 진정으로 아끼고 배려하는 경우가 많지요.

나정 정말정말 그런 거 같아요.

쌤 자, 오늘은 고백에 대한 첫 번째 시간으로 〈사씨남정기〉를 살펴보았습니다. 두 가지를 배웠지요. 사람이 만나고 가까워질 때 중요한 것은 바로 예의, 즉 매너이고요. 둘째 신중하게 기다릴 줄 알아야 한다는 거죠. 문학은 잘 보이지 않는 곳에서 의외로 우리에게 많은 가르침을 준답니다. 다음 시간에는 다른 작품으로 고백에 대해 계속 살펴보도록 하지요. 수고들 했습니다.

붕이 수고하셨습니다.

쌤의 한마디 ⭐

사귐은 만남을 거쳐 사람을 좀 더 깊이 알아 가는 과정입니다. 그렇기에 내게 삶의 행복과 기쁨을 가져다줄 이와 사귀는 것이 필요하겠지요. 그런 이를 받아들이는 첫걸음은 조금 현명하게 내딛는 게 좋답니다. 한 번더 제대로 되었는지 살펴보고 첫발을 내미세요. 조금은 늦더라도 괜찮답니다.

〈사씨남정기〉, 왕의 마음을 움직이다

〈사씨남정기〉는 서포 김만중(1637~1692)이 쓴 소설입니다. 작품의 정확한 창작 연대는 알려지지 않았습니다. 숙종이 계비(繼妃, 임금이 다시 장가를 가서 맞은 아내) 인현왕후를 폐위시키고 장희빈을 중전으로 맞아들인 사건을 풍자하여 숙종의 마음을 돌이킬 목적으로 이 작품을 썼다고 합니다.

　중국 명나라 때 유현의 아들 연수는 15세에 장원 급제하여 한림학사가 됩니다. 유 한림은 학식과 품성을 겸비한 사 씨와 혼인하였으나 9년이 지나도록 자식이 없자 교 씨를 후실로 맞아들이지요. 그러나 간악하고 시기심이 많은 교 씨는 사 씨 부인을 모함해 결국 그녀를 내쫓는 것에 성공하고 자신이 정실부인이 됩니다. 또한 교 씨는 다른 남자와 부적절한 관계를 맺고 남편인 유 한림을 모함해 유배를 가도록 만들지요. 모든 일이 성공한 후 교 씨는 재산을 가지고 도망치지만 도중에 도둑을 만나 재물을 모두 빼앗기고 궁지에 빠지게 됩니다. 얼마 후 조정에서는 사건의 진실을 밝혀지고 유 한림의 모든 혐의는 풀립니다. 그간의 사실을 알게 된 한림은 교 씨를 잡아 처형하고 방황하던 사 씨를 다시 정실로 맞이하지요.

이 작품에 등장하는 사 씨 부인은 인현왕후를, 유 한림은 숙종을, 교 씨는 희빈 장 씨를 의미한다고 알려져 있는데요. 실제로 소설을 읽은 숙종이 자신의 잘못을 깨우쳐 인현왕후를 복위하게 했다는 일화가 전해집니다.

조선 초만 하더라도 소설은 가치가 낮은 문학으로 천시받았습니다. 사대부들은 소설을 써서도 읽어서도 안 되는 가치 없는 글이라며 멀리했지요. 그러나 김만중은 달랐습니다. 그는 소설의 가치에 대해 제대로 인식하고 있었지요. 그래서 〈사씨남정기〉나 〈구운몽〉과 같이 오늘날까지도 널리 읽히는 작품을 우리말로 썼습니다. 우리의 문학은 마땅히 한글로 쓰여져야 한다고 말하면서요. 우리말에 대해서 김만중이 남긴 이 한 마디는 현재까지도 큰 가르침을 주고 있지요.

자기 나라 말을 버려두고 남의 말로 시문을 짓는다는 것은 앵무새가 사람의 말을 하는 것과 같다.

완전히 빠져들 수밖에 없는
그만의 사랑고백법

〈숙영낭자전〉

~~~~~~

쌤 잘 지냈나요? 오늘은 고백과 관련된 두 번째 시간입니다. 오늘 배울 내용은 사랑고백법입니다. 제목부터가 관심이 가지요? 여러분들이 상당히 흥미를 가질 만한 주제 같네요.

나정 꺄아! 쌤 솔직히 말하면요, 오늘 배울 내용이 기대되서 정말 기다렸어요. 고백하는 데 어떤 말을 할지가 되게 궁금하잖아요.

쌤 하하, 그런가요? 나정이는 고백하거나 혹은 고백받았던 말 중에 기억에 남는 말 혹시 있나요?

붕이 제가 장담하는 데 없을 겁니다. 백 퍼센트 확신하지요.

나정 허, 너 없다고 남까지 없을 꺼라 생각하진 말아 줄래?

붕이 야, 내가 있는지 없는지 네가 어떻게 알아?

나정 딱 보면 알지. 여자의 직감을 무시하지 말라구.

붕이 큿, 자꾸 그러면 내가 나중에 데리고 온다. 그러면 어쩔래? 응?

쌤 아침부터 뜨겁네요. 이러다가 둘이 정들면 어쩌죠? 하하.

나정 헐, 쌤! 무슨 그런 말씀을.

붕이 그건 절대로 아닙니다.

쌤 그래도 사람 일이란 한 치 앞을 모르니까요. 자, 오늘 같이 볼 작품은 〈숙영낭자전〉입니다. 여기서도 주인공 남녀의 사랑을 중심으로 한 치 앞도 내다보지 못할 사건들이 전개되죠.
필사본마다 내용에는 조금씩 차이가 있는데요. 고려시대 경상 북도 안동을 배경으로 합니다. 백상공이란 선비와 부인 정 씨 가 정성스레 기도를 하여 외아들 선군을 낳았지요. 정 씨 부인 이 아들을 낳을 때 상당히 특이한 일이 있었는데요. 하늘에서 내려온 선녀가 꿈에 나와 말하길 아기의 천생연분이 정해져 있 으니 다른 가문에 구혼하지 말라고 했답니다.

붕이 와, 대박 좋은 꿈이네요. 그렇다면 하늘이 아예 인연을 점찍어 준 건가요?

쌤 그런 셈이죠. 그런데 아들이 점점 자라면서 선녀가 약속한 천생 연분이 나타나지 않자 부모는 조바심이 납니다. 그래서 이곳저 곳 다른 가문에 구혼을 하지요. 그러자 선군의 꿈에 선녀가 직 접 나옵니다. 천상에서 죄를 짓고 지상으로 귀양 와 있던 그 선 녀가 바로 숙영낭자입니다. 숙영은 선군에게 자신과 천상인연임을 말하며 천정(하늘의 심판) 기한이 삼 년 남았음을 알려주죠. 그때까지만 기다려 달라고 말이에요.

나정 와, 꼭 군대 간 남자친구가 기다려 달라고 하는 것 같아요. "다른 사람 만나지 마. 금방 나올 테니 조금만 참아." 라고요.

쌤 네. 비슷한 것 같지요? 다만 여기서는 기다려야 할 사람이 여자가 아닌 남자지만요. 그런데 이를 어찌합니까. 선군은 꿈에 보았던 그녀를 도저히 잊을 수 없습니다. 그녀를 보려면 삼 년을 기다려야 합니다. 삼 년이란 시간은 길면 길고, 또 짧으면 짧다고도 할 수 있는데요. 연인을 보았던 선군에게 그 기다림의 시간은 고통 그 자체였습니다. 그러다가 선군은 결국 병이 납니다. 그리움에 지쳐 상사병이 난 것이죠. 부모가 가져다준 약을 먹어도 아무런 효과도 없었고 하루하루를 눈물로 지냈습니다. 이대로 가다가는 미처 만나보기도 전에 죽게 될 것 같았죠.

붕이 안타깝네요. 그래서 어떻게 했나요?

쌤 결국 걱정이 된 숙영낭자는 다시 꿈에 나타나 선군에게 자신이 있는 곳을 알려 줍니다. 자신을 만나고 싶으면 옥연동으로 찾아오라고 말하죠. 선군은 여행을 다녀온다고 부모를 속이고 그녀가 있는 곳으로 찾아갑니다. 그리고 결국 그녀를 만나게 되지요. 그녀의 모습을 엿볼까요?

얼굴은 구름 속의 보름달과 같이 희고 고왔으며, 그 태도는 아침 이

슬을 머금은 한 떨기 모란꽃과도 같았다. 두 눈에 머금은 추파는 맑
은 물과 같고, 가는 허리는 봄바람에 나부끼는 버들가지 같았으며,
붉은 입술은 마치 앵무단사를 물고 있는 듯하여, 그 아리따운 모습
이란 가히 독보적인 절세가인이라고 할 만하였다.

동구 와, 그야말로 단순호치丹脣皓齒네요.

붕이 그게 무슨 뜻이야?

동구 단순호치는 '붉은 입술과 하얀 이'란 뜻인데 여인의 아름다운 외모를 일컫는 말이지.

붕이 아항.

쌤 그래요. 동구가 잘 아는군요. 이런 미인을 두고 선군은 발길을 되돌릴 수 없었습니다. 선군은 낭자에게 다가가 고운 손을 덥석 잡고 말합니다. 뭐라고 하는지 한번 들어 볼까요?

"꽃을 본 나비가 불이 무서운 줄 어찌 알며, 물을 본 기러기가 어부를 어찌 겁내리오? 오늘 이렇게 낭자를 만났으니 나는 이제 죽어도 여한이 없나이다."

나정 꺄! 멋져요. 꿈에 그리던 여인을 만났으니 죽어도 여한이 없다는 말 너무 와닿아요.

쌤 하하, 나정이도 같은 여성이라 그런지 특히 공감이 가나 보네요. 자, 낭자는 뭐라고 답할까요?

"한낱 저 같은 계집을 그처럼 잊지 못하여 병까지 얻으셨으니 어찌 대장부라 하겠나이까? 우리가 하늘의 정하심으로 배필을 맺을 기약이 아직도 삼 년이나 남았습니다. 삼 년이 지나면 파랑새로 하여

금 중매를 서게 하여 함께 만나 혼례를 이루고 백년해로를 할 것이옵니다. 그러나 만약 오늘 제 몸을 낭군님께 허락한다면 천기를 누설한 죄로 천상에 갇혀 다시는 인간 세상으로 내려올 수 없을 것이옵니다. 그러하온즉 낭군께서는 오늘 초조한 마음을 참으시고, 앞으로 삼 년 동안만 더 기다려 주십시오."

숙영은 신중합니다. 다시 한 번 더 삼 년의 시간을 기다려 달라고 합니다. 일종의 금기인 셈이죠. 금기라는 건 지켜지지 않았을 때에 필연적으로 불행한 결과를 초래합니다. 그러나 역설적으로 금기가 깨어져야 흥미로운 이야기가 전개되겠지요. 사랑에 빠진 선군의 눈앞에는 그 어떤 것도 보이지 않습니다. 선군은 숙영에게 사랑의 언어를 전합니다. 요즘으로 치면 사귀자고 고백하는 것이죠. 어떤 말을 할까요?

"내 지금 심정은 일일여삼추(一日如三秋, 하루가 삼 년 같음)인데, 삼 년이면 몇 삼추나 되겠나이까? 낭자가 만일 '그냥 돌아가라' 하시면 내 목숨은 오늘로 끝나리이다. 내가 저승에서 외로운 혼백이 되면 낭자의 목숨인들 온전하오리까? 엎드려 바라건대 낭자는 송백(松柏, 소나무와 잣나무)같은 정절을 잠깐 굽히시어 불 속에 든 나비와 그물에 걸린 고기를 구해 주옵소서."

나정 애간장을 녹일 만큼 너무나 애절하네요.

쌤 한 남자의 진정성이 느껴지나요? 그렇습니다. 진심이 담긴 사랑의 언어는 얼어붙은 눈을 녹이고 흐르는 물도 거꾸로 돌아가게 만들지요. 세상의 모든 금기 따위는 그 앞에서는 초라해져 버릴 뿐입니다. 그래서 사랑만큼 위대한 것은 없지요. 숙영역시 선군의 정성 어린 고백 앞에 미소를 지으며 마음을 돌립니다. 꽃떨기 같은 얼굴에는 화색이 무르익지요. 둘은 그 날 밤을함께합니다. 선군은 낭자의 손을 잡고 침실로 가서 그동안 쌓아온 가슴속의 회포를 마침내 풀게 되지요.

붕이 정말 잘 되었네요. 그럼 그렇게 행복하게 살게 되면서 끝나게되나요?

쌤 여기서 끝나 버린다면 재미가 없겠지요? 금기를 어긴 두 사람에게 과연 어떤 일이 벌어질까요? 그리고 어렵게 연결된 이 둘의 사랑은 마냥 평탄하기만 할까요?

붕이 얘기해 주세요, 쌤. 궁금해요.

쌤 그래요. 같이 볼까요? 선군과 숙영은 함께 귀가하여 짝을 맺고행복하게 살아갑니다. 부모를 모시며 팔 년의 세월 동안 아들과 딸도 하나씩 낳지요. 그러던 어느 날 선군의 아버지가 선군에게 말합니다. 곧 과거 시험이 있는데 응시하여 입신양명하고조상의 이름을 빛내야 하지 않겠냐고요. 선군은 아내와 헤어지기 싫어 거절합니다. 그러나 아버지의 계속된 권유에 아내까지

찬성하면서 결국 과거길에 오르기로 합니다.

과거길에 오르긴 했으나 아내를 그리는 마음이 간절합니다. 그래서 과거를 보러 떠난 첫날 밤, 선군은 아내를 잊지 못하고 야밤을 틈타 몰래 집으로 돌아옵니다. 그리고 아내와 함께 밤을 보내지요. 그 후 새벽녘이 되어서야 다시 몰래 빠져나갑니다. 그런데 문제가 생겼습니다.

붕이 어떤 문제요?

쌤 물 위에 떨어진 잉크 한 방울이 점점 퍼져 나가듯 작은 오해도 점점 커지기 마련이지요. 시부모인 백상공이 밤중에 며느리 방에 누군가가 드나드는 모습을 우연히 보게 됩니다. 그리고 외간 남자로 오인하게 된 것이지요. 사실은 과거시험을 보러 떠난 자신의 아들인데도 말이에요.

붕이 그럼 직접 물어보면 금방 풀릴 거잖아요?

나정 야, 너라면 며느리한테 바람 피냐고 물어보겠냐? 직접적인 증거도 없는데.

붕이 음… 그런가.

쌤 그런데 똑같은 일이 다음 날 밤에도 벌어집니다. 선군은 여전히 아내를 떠나지 못하고 이틀째 밤에도 찾아오게 되지요. 그리고 아내와 함께 밤을 보낸 후 새벽에 다시 떠납니다. 시부모 백상공은 그 모습을 또 보게 됩니다. 비록 며느리 방에 들어간 남자를 자세히 보지는 못했지만요. 그리고 며느리가 외간 남자를 들이고 있는 것 같다는 자신의 의구심을 더 키우게 되지요. 그래서 시비인 매월을 시켜 며느리의 방 입구를 몰래 감시하게 합니다. 사실 매월에게는 숙영에 대한 원한이 있었습니다. 숙영이 집에 들어오기 전까지 자신은 잠시나마 선군의 사랑을 받던 몸이었거든요. 그런데 숙영이 집에 온 후로는 선군으로부터 아무런 부름을 받지 못했던 것입니다. 매월 입장에서 숙영은 자신의 남자를 빼앗아 간 나쁜 여자였지요. 그래서 매월은 거짓으로 일을 꾸밉니다.

나정 어떤 일이요?

쌤 선군은 이미 과거를 보러 완전히 떠났으니 아무도 숙영의 방에 밤중에 드나드는 일은 없겠지요? 매월은 같은 종 신분인 돌쇠와 짜고 밤중에 몰래 숙영의 방으로 들어가게 합니다. 그리고 백상공에게 외간 남자가 들어왔다고 알려 그 모습을 보도록 한 것이지요. 돌쇠는 달아났지만 숙영은 오해를 풀 길이 없게 됩니다. 숙영은 고초를 겪으면서도 자신의 결백을 호소했지만 백상공은 믿어 주지 않지요. 주위에 아무도 자신의 말을 들어 주는 사람이 없을 때 사람은 더욱 절망의 수렁 속으로 빠지게 됩니다. 그리고는 결국 끔찍한 일이 벌어지게 되지요. 이런 오해를 받는 것을 커다란 치욕으로 여긴 숙영은 어린 아들과 딸을 남겨놓고 칼로 자신의 가슴을 찌름으로써 생을 마감하게 됩니다.

나정 아, 이를 어째. 안타깝네요.

쌤 한편 아무런 영문도 모르는 선군은 과거 시험에서 장원 급제하고 집으로 금의환향하는 중입니다. 선군의 아버지 백상공 입장에서는 난처하게 됐지요. 그래서 선군이 오는 길에 자신의 이웃인 임 진사 댁 딸을 선군의 두 번째 부인으로 맞게 준비를 합니다. 숙영의 죽음 때문에 아들이 받을 충격을 새로운 결혼으로 조금이나마 줄이기 위한 방책이었지요.

붕이 그래서 성공하나요?

쌤 선군 입장에서 두 번째 부인은 안중에도 없습니다. 오로지 숙영에게만 관심이 쏠려 있으니까요. 특히 과거 시험을 보러 가기 전 숙영이 건네준 그림에 이상한 징조가 보이면서 선군도 아내에게 뭔가 일이 생겼음을 직감하고 있었거든요. 게다가 선군의 꿈에 죽은 아내가 나와 자신의 억울함과 결백함을 호소하였습니다. 그런 이유로 아버지의 혼인 권고를 지나치고 곧장 집으로 향합니다. 그리고 가슴에 칼이 꽂힌 채 그대로 방에 누워 있는 아내의 모습을 보고는 절규합니다.

"슬프다, 낭자야! 어미를 찾으며 우는 춘양과 동춘의 거동도 보기 싫다. 불쌍하다, 낭자야! 어린 동춘에게 젖을 먹이소. 어여쁜 우리 낭자야! 나를 버리고 어디로 가는고? 절통하다, 낭자야! 나도 데려가소. 원수로다, 원수로다. 과거 길이 원수로다! 과거에 급제한들 무엇하며, 한림학사가 된들 무엇하리? 옥 같은 낭자의 얼굴 보고지

고! 한순간을 못 보아도 삼 년을 못 본 듯한데, 이제 우리 낭자가 죽
었으니 어느 천 년에 다시 볼꼬? 어린 자식들은 어찌하며, 낭자 없
는 나는 잠시인들 어찌 살꼬? 더 이상 살 뜻이 없으니 나도 죽어 저
승에서 낭자와 상봉하사이다. 처량하다, 춘양아! 너는 어찌 살리
오? 애달프다, 동춘아! 너를 어찌할꼬?"

나정 너무나 슬프고 안타깝네요. 어쩌나요.

쌤 선군에게 결백함을 호소하기 위해 숙영의 가슴팍에 박힌 칼이
빠지지 않고 시신도 움직이지 않았던 것일까요? 선군이 눈물을
흘리자 그제서야 칼이 뽑히고 시신을 옮길 수 있게 됩니다. 슬픔
속에서 선군은 그간에 있었던 자초지종을 듣습니다. 그리고 진
상 조사를 통해 범인이 매월과 돌쇠임을 밝혀내지요. 분노한 선
군은 이들을 처형합니다. 그리고 아버지를 원망하지요. 그러나
이미 경솔한 판단으로 엎질러진 물을 되돌릴 수는 없습니다.

남은 사람들은 망자를 위해 자신에게 남겨진 몫을 해야 되겠지
요. 선군은 아내를 보내기 위한 장례를 치르기로 합니다. 그러
자 선군의 꿈속에 숙영이 나타나 처음 만났던 옥연동의 연못에
자신의 시신을 넣어 달라고 합니다. 그녀의 마지막 소원이라고
말하지요.

결말은 다소 환상적인 해피엔딩으로 마무리됩니다. 숙영의 말
대로 그렇게 장례를 치르는데 놀라운 일이 벌어집니다. 숙영이

환생하여 연못에서 푸른 사자를 타고 나오지요. 옥황상제의 명으로 숙영과 선군은 아이 둘을 데리고 하늘나라로 올라가게 됩니다. 백상공 부부는 백 살까지 살다가 죽어 서천 극락세계로 가게 되지요.

붕이 그나마 좀 마음에 위안에 되네요.

쌤 자, 오늘 함께 본 〈숙영낭자전〉은 멋진 사랑 이야기였습니다. 그렇지만 결실을 맺기까지 결코 평탄하지는 않았습니다. 사랑하는 이와 맺어질 수 없는 삼 년이라는 금기가 있었고요. 그걸 깨고 맺어진 후에도 정식적인 결혼은 하지 못했답니다. 숙영낭자전 어디에도 결혼식을 올렸다는 구절은 나오지 않거든요. 학자들에 따라서는 이것을 낮은 신분을 가진 숙영에 대한 시부모의 차별과 편견으로 보기도 합니다. 숙영이 오해를 받아 극단적인 자결을 선택한 것도 어쩌면 이러한 시선에 대한 억울함 때문이라고 볼 수 있다는 것이지요. 게다가 선군은 행복한 결혼 생활을 하는 도중에 아버지의 강권에 떠밀려 억지로 과거를 보러 떠나게 됩니다. 이별의 원인을 부모가 제공한 셈이지요. 그리고 잠시 동안의 이별일 줄 알았던 것이 영원한 이별로 이어질 뻔했어요. 숙영이 죽자 부모가 선군에게 임 진사 댁 딸을 두 번째 부인을 들이도록 결혼식을 준비한 것도 어쩌면 아들이 신분에 걸맞는 사람과 결혼하기 바라는 부모의 욕망이 드러나 있는지도 모릅니다.

붕이 쌤 말씀을 듣고 보니 정말 그러네요. 수많은 장애물들이 있었던 것 같아요.

동구 부모님도 쉽지 않은 문제네요.

쌤 현실에서도 종종 그렇답니다. 만남을 통해 상대에게 끌림과 애정의 감정을 느끼게 되면 지금보다 한 단계 올라서게 됩니다. 바로 사귐의 단계인데요. 이는 서로에게 마음이 있음을 전제로 합니다. 이건 정말 대단한 일이지요. 내가 좋아하는 사람이 나를 좋아해 주는 것은 기적과도 같다고 〈어린왕자〉에 나오잖아요.

누군가를 사귄다는 것은 자신의 인생 테두리 안에 새로운 사람이 들어오게 하는 것입니다. 그리고 내가 호감을 가지고 있고, 상대도 내게 호감을 가지고 있을 때 이루어지고 지속할 수 있는 원동력을 갖게 됩니다. 어느 한 쪽이 일방적으로 시들어 버리거나, 혹은 양 쪽 모두 호감의 감정이 사라지게 되면 사귐은 관성에 의해 움직일 수밖에 없게 되고 곧 멈춰 버리겠지요. 그렇기에 가장 중요한 것은 내 삶의 무대에 오른 새로운 상대를 지속적으로 바라봐 주는 것일지도 모릅니다. 그 전까지는 나 자신이나 관객들만 바라보며 연극을 했다면 말이지요.

나정 그렇군요. 상대를 바라봐 주는 것. 이것이 바로 관계를 이어 가는 것이라고요.

쌤 네. 그리고 작품에서도 보았듯이 만남에서 사귐으로 가는 과정, 그리고 그 이상으로 발전하는 데에는 많은 장애물들이 따릅니다. 비록 숙영낭자전에서는 그렇지 않았지만 가장 큰 장애물은 자기 자신일 때도 많답니다.

나정 가장 큰 장애물은 자기 자신이라니요? 잘 이해가 안 가는데요.

동구 아마 부모의 반대나 시간적 제약 같은 외적인 것보다는 자기 스스로에 대한 믿음이나 자신감의 결여랄까. 그런 내적인 걸 말하는 게 아닌가요? '내가 자 사람과 사귈 수 있을까? 내가 과연 잘 할 수 있을까?' 끊임없이 드는 이런 의문들이요. 그것들은 망설임과 주저함 속으로 자신을 빠뜨리고 결국 만남의 단계에서 그 이상으로 올라가지 못하게 만들잖아요.

쌤 와, 아주 놀랍네요. 동구가 핵심을 잘 말해 주었군요. 쌤이 하고 싶은 말을 모두 담아서 잘 얘기했습니다.

붕이 대단하네. 그런 경험이 많나 봐.

동구 ….

쌤 자, 방금 살펴본 대로 만남을 발전시키기까지는 내적 장애물도 있고 외적 장애물도 있답니다. 성격이나 가치관에 차이가 있을 수도 있고요. 경제적, 사회적 차이가 문제가 될 수도 있답니다. 또 작품에서처럼 현실에서도 가족의 반대가 있기도 하지요.
하지만 말이에요. 가뭄 속에 핀 꽃일수록 그 잎은 더욱 붉게 마련입니다. 척박한 땅에서 피어난 꽃일수록 그 생명력은 더욱 질기기 마련이고요. '내 인생의 무대에 저 사람이 같이 서 준다면 나는 지금보다 행복할 것이다.'라는 생각이 든다면 그 상대를 나의 무대로 부르는 것도 인생을 풍요롭게 하는 지혜일 것입니다. 어려운 환경을 극복해 가는 것도 각자의 의지의 발현이자 우리 삶의 단면들이 아니겠습니까?

나정 맞는 것 같아요. 미리 어려움만 생각하면서 망설이다가 영영 기회를 놓쳐 버리느니 좀 더 적극적으로 다가가는 게 필요한 것 같아요.

쌤 특히 나이를 먹으면 먹을수록 기회를 놓쳤던 과거에 대한 상실감은 더욱 크게 다가오기 마련이랍니다. '그 때 내가 왜 그랬을까?' 하고 말이지요.

붕이 쌤, 쌤도 그러세요?

쌤 으하하하.

붕이 왜 웃으세요?

쌤 쌤은 나이 별로 안 많거든요?

붕이 헛.

쌤 마지막으로 쌤이 꼭 말하고 싶은 게 있어요. 그건 바로 여러분들은 사랑의 언어에 대해 배워야 할 필요가 있다는 것이에요.

나정 무슨 의미인가요?

쌤 사랑이란 건 감정이지요. 그런 데 이런 감정은 결국 표현되어야 해요. 쌤이 말하고 싶은 건 바로 언어예요. 카톡으로 '우리 사귀자.' 혹은 '나 너 맘에 든다.'라고 문자를 던지는 것도 나쁘진 않지만요… 음 글쎄요. 좀 더 세련된 사랑의 언어를 사용해서 진정성을 담은 자신의 마음을 드러내는 것도 좋지 않을까요?

나정 아항, 무슨 말인지 알겠어요.

쌤 작품 속 첫 만남에서 선군이 말하지요. "불 속에 든 나비와 그물에 걸린 고기를 구해 주옵소서."라고요. 이 얼마나 멋진 표현인가요? 옛 문학을 읽으면서 이런 사랑의 언어를 읊조릴 때 우리는 즐거움을 느낄 수 있답니다. 여러분의 삶 속에서도 이런 사랑의 언어가 충만했으면 하네요. 이것들은 아마 우리의 인생을 훨씬 아름답게 해 줄 거라고 쌤은 생각합니다.

자, 오늘은 고백의 두 번째 시간이었습니다. 〈숙영낭자전〉이란 아주 재미있는 작품을 살펴보았는데요. 다음 시간에도 다른 재미있는 작품을 통해 고백에 대한 이야기를 나누어 보지요. 이것으로 마치겠습니다.

쌤의 한마디

시작은 표현입니다. 상대에게 나 혼자 연정의 마음을 가지고 끙끙 앓고 있다고 해도 상대방이 알아 줄 가능성은 그리 높지 않습니다. 혹은 상대방이 그런 사실을 알더라도 어느 한 쪽에서 먼저 시작하지 않으면 이어지지 않는 경우도 많지요. 그렇기에 우리는 표현하는 게 필요합니다. 문학에서 사랑의 언어를 읽으세요. 언어란 사람과 사람을 이어주는 훌륭한 묘약이랍니다.

작품 돋보기

〈숙영낭자전〉,
지금도 반복되고 있는 이야기의 고전

〈숙영낭자전〉은 작자·연대 미상의 국문고전소설입니다. 〈수경낭자전〉, 〈수경옥낭자전〉, 〈숙항낭자전〉, 〈낭자전〉 등으로 다양하게 불렸지요.

　　이 작품은 두 가지 가치의 충돌을 잘 그려내고 있습니다. 바로 효와 사랑이지요. 유교에 기반을 둔 전통적 가치관인 효와 인간의 본능이자 욕망인 사랑은 작품 속에서 갈등 관계를 유지합니다. 그리고 결말 부분에서 후자가 전자를 극복하는 모습이 보이는데, 이는 조선 후기 사회의 가치관이 어느 방향으로 바뀌었는지를 잘 보여 주고 있지요.

　　특히 〈숙영낭자전〉에는 다양한 모티프motif들이 나타나 내용을 한층 흥미롭게 만듭니다. 모티프란 자주 반복되어 나타나는 동일한 이야기 요소인데요. 이것들이 모여 이야기의 근간을 이루어 나갑니다.

　　신데렐라와 콩쥐팥쥐 이야기를 한번 볼까요? 신데렐라는 계모의 학대를 받던 아름다운 소녀 신데렐라가 요정의 도움을 받아 무도회에 나가고, 남겨 놓은 유리 구두 덕분에 왕자를 만나 결혼을 한다는 내용입니다. 콩쥐팥쥐는 계모 밑에서 갖은 학대를 받던 콩쥐가

두꺼비와 새의 도움을 받아 잔치에 가다가 냇가에서 신발 한 짝을 잃어버리고 이를 발견한 원님과 혼인한다는 내용이고요.

이 두 작품의 공통점은 뭘까요? 두 주인공 모두 계모와 못된 이복자매에게 구박을 당하다가 초현실적인 존재의 도움을 받아 이상형의 남자와 결혼을 하며 행복하게 끝나게 되는 것입니다.

모티프는 바로 이러한 공통점들입니다. 고전문학에서는 모티프에 하나하나 살을 붙여 가며 이야기가 전개되지요. 〈숙영낭자전〉에는 선녀가 죄를 짓고 인간 세상으로 내려왔다는 적강 모티프, 삼 년을 기다려야 진정한 사랑을 이룰 수 있다고 설정한 금기 모티프, 남녀의 만남을 부모가 반대하는 혼사장애 모티프, 죽은 숙영이 다시 살아나는 재생 모티프 등 다양한 모티프들이 활용되고 있습니다. 이러한 요소는 현재의 드라마, 영화까지도 계속 이어지고 있지요.

내 아들!
네 여친은 이 아빠가 책임진다

〈소설인규옥소선〉

~~~~~~

붕이 쌤, 여쭤볼 게 있어요!

쌤 붕이 표정이 아주 밝네요. 뭐가 궁금한데요?

붕이 전에 여친한테 제가 이 수업을 듣는다는 얘기를 한 적이 있거든요. 근데요, 여친도 아주 관심이 많대요. 그래서 나중에 한번 와도 되겠냐고 물어보더라고요.

나정 어머, 굼벵이도 구르는 재주가 있다더니 정말 여친이 있는가 보네.

붕이 남 걱정 말고 너 자신이나 살피라니까.

나정 흴, 너한테 딱히 그런 충고 들을 이유는 없거든?

쌤 자자, 사랑하는 이와 함께 수업을 듣는 것도 좋지요. 같이 이야기할 거리도 생기고요. 언제든지 마음 편하게 오라고 전해 주세요.

붕이 넵. 감사합니다.

나정 쌤, 빨리 진도나 나가요.

쌤 하하, 그럴까요? 오늘 같이 살펴볼 작품은 〈소설인규옥소선〉입니다. 제목이 조금 길지요? 줄여서 〈소설〉이라고도 하는데요. '눈을 쓸다'라는 의미입니다. 제목을 풀이하면 '눈을 쓸면서 옥소선을 엿보다'는 말인데요. 옥소선은 여인을 지칭하지요. 왜 이 여인을 엿볼까요? 다가가서 당당하게 말을 걸면 안 될까요? 뭔가 그럴만한 사정이 있나 보죠? 같이 한번 살펴보겠습니다.

붕이 오늘 강의 제목이 너무 재밌네요. 아빠가 아들의 여친을 책임진다니요, 헤헤.

쌤 여기 나오는 아빠는 진정한 풍류를 알고 가족애를 실천한 훌륭한 분입니다. 작품을 볼까요? 주인공의 아버지는 조선 시대 평안도 관찰사였습니다. 관찰사는 요즘으로 치면 도지사 직급으로 굉장히 높은 벼슬이지요. 이 분에게는 아들이 하나 있었는데요. 용모가 단정하고 재주가 뛰어난 도령이었습니다.

때는 아버지의 생일입니다. 물론 도지사의 생일인 만큼 큰 잔치가 벌어졌지요. 잔치에는 술과 음식, 그리고 풍류를 담당하는 여인들, 즉 기생들이 빠질 수 없습니다. 당시에 평양은 기생들이 많아 색향이라고도 불렸는데요. 이곳에 자란이라는 기녀가 있었답니다. 그녀의 호는 옥소선이었는데 '옥으로 만든 퉁소를 부는 선녀'라는 뜻이지요. 열두 살의 어린 나이로 관찰사의 아들과 동갑이었답니다. 그러나 미모와 재능 면에서는 당대 최고라고 일컬어졌습니다.

아버지는 아들에게 옥소선과 춤을 출 기회를 마련합니다. 열두 살은 요즘으로 치면 초등학교 오학년쯤 되겠네요. 어린 나이지만 당시 여자들이 열여섯 살만 되어도 시집을 간 것을 생각하면 아주 어리다고도 볼 수 없었죠. 아무튼 도령과 기생 옥소선은 함께 짝을 지어 춤을 추게 됩니다. 춤추는 장면을 볼까요?

도령과 자란, 이 한 쌍의 남녀가 묘하게 춤을 추는데 한들한들한 움직임은 여린 버드나무와 같고 훨훨 나는 듯한 움직임은 제비와 같았다. 자리에 앉아 그 춤을 보는 사람들이 모두 찬탄하며 그 신기한 재주를 칭찬해 마지않았다.

그리고 이것이 인연이 되어 둘은 깊이 사랑하는 사이가 되지요. 한시도 떨어지지 않고 늘 붙어 다니며 육 년이란 시간을 함께합니다.

나정 와, 꽤 긴 세월을 함께했네요. 그런데 결혼은 안 했나요?

쌤 네. 도령은 아버지가 높은 벼슬에 있는 명망 있는 양반가의 일원이었지만, 옥소선은 기적(妓籍, 기생들을 등록해 놓은 대장)에 이

름을 올린 미천한 기생 신분에 지나지 않았습니다. 이루어지기
힘든 결혼이었죠.

나정 아, 안타깝네요.

쌤 어린 시절 사랑의 순간들은 너무나 빨리 지나가 버리지요. 우리
의 삶에서도 늘 그렇듯이 말이에요. 육 년 후 도령의 아버지는
관찰사에서 물러나 한양으로 가게 됩니다. 아버지는 이미 알고
있습니다. 남녀 간의 사랑을 갈라 놓는 것이 얼마나 힘든 일인
지, 그리고 이별이 얼마나 아픈지를 말이지요. 그래서 아들에게

제안을 합니다. 너무나도 파격적인 제안이었지요.

붕이 어떤 제안인데요?

쌤 아버지는 아들에게 말합니다. "남녀 간의 정이 쉽게 없어지는 것이 아니라는 걸 이 아비는 알고 있다. 너의 장래에는 안 좋을지 몰라도 만약 네가 원한다면 그 애를 첩으로 삼아도 좋다."라고 말이지요. 사대부의 자제가 정식으로 혼인도 하지 않은 상태에서 첩을 들인다는 것, 그것도 가장 미천한 신분인 기생을 아들이 원한다면 집안으로 들이겠다는 것입니다. 아버지로서는 정말 대담한 제안을 한 것이죠.

나정 기존에 알고 있는 아버지들의 모습과는 사뭇 다르네요.

쌤 연애와 사랑, 그리고 결혼까지 아들의 의견을 묻고 손수 제안을 하는 아버지는 당시 시대로서는 파격적이기까지 하지요. 아들과 기생의 첫 만남을 주선한 것도 사실 아버지였으니까요.

붕이 그럼 아버지의 제안에 도령은 뭐라고 했나요?

쌤 붕이라면 이 상황에서 뭐라고 했을까요?

붕이 저라면 당연히 "아바마마, 땡큐. 성은이 망극하옵니다. 예쁜 사랑할게요."라고 했겠지요!

나정 에효, 또 꼴값 떤다 아주.

붕이 야, 말이 그렇다는 거지.

쌤 동구는 어떻게 했을 것 같나요?

동구 육 년이나 함께한 여인을 놔두고 떠난다는 것은 너무 마음 아플 것 같네요. 둘 다에게 말이죠. 저라도 제안을 받아들였을 것 같아요.

쌤 여러분의 의견들 모두 좋습니다. 그러나 도령은 아버지의 제안을 전혀 뜻밖의 말로 거절하고 맙니다. "제가 나이가 몇인데 그깟 천기(賤妓, 천한 기생) 하나에 연연하겠습니까?"하고 말이지요. 그리고는 간단하게도 이별을 선언합니다.

나정 와아, 진짜 진짜 나빴다. 왕재수에 싸가지네. 이런 몹쓸 놈.

붕이 확실히 잘난 놈이 더 하다니까.

동구 정말 싫네요.

쌤 자, 여러분. 기생이란 신분에 대해 한번 생각해 볼까요? 기생은 기적에 그 이름이 오른 이상 특별한 일이 없다면 죽을 때까지 기록이 남아 있답니다. 낮에는 술과 노래를 팔고 밤에는 일면식도 없는 남정네들의 욕망을 풀어 주는, 어찌 보면 노비보다도 천한 신분이었지요. 결혼을 해도 양반이나 평민의 정실부인은 될 수 없었고 잘해야 첩의 신분을 겨우 얻을 수 있을 뿐이었습니다. 게다가 딸을 낳기라도 하면 자신과 같은 잔혹한 운명의 굴레를 씌워야 했습니다.

그런 기구한 처지의 옥소선이 육 년간의 사랑의 결과가 이별이라는 말을 들었을 때 그 심정은 어땠을까요? 심한 배신감을 느꼈을까요? 아니면 자신 역시 한때의 노리개였음을, 결국 그 수준에서 벗어나지 못함을 슬퍼했을까요?

나정 감정이입되서 눈물이 막 나오려고 해요.

쌤 도령은 아버지를 따라 한양으로 훌쩍 떠납니다. 소녀를 남겨 두고 말이지요. 그녀는 새롭게 고을에 부임한 신임사또의 아들을 받들며 관기(관청에 속한 기생)의 삶을 살게 됩니다. 남겨진 이는 과거만을 추억하며 살 수는 없는 법이지요. 그리고 그렇게 살아갑니다. 도령과 소녀는요.

한양으로 간 도령은 아버지의 말에 따라 절에 들어가 과거 시험을 준비합니다. 그동안 계절이 바뀌고 시간이 흐릅니다. 가장 소중한 것의 가치는 그것이 부재할 때 느낄 수 있다고 하지요? 도령의 마음 한 켠에 어릴 적 함께했던 소녀에 대한 애틋한 기억이 떠오릅니다. 눈 내리는 날 달밤 아래에서 도령은 진정한 사랑이란 바로 그녀였다는 사실을 깨닫게 되지요.

붕이 아니, 버리고 떠날 때는 언제고 왜 그런대요?

나정 그러게. 어이가 없네 정말.

쌤 여러분의 말도 충분히 이해해요. 어쩌면 도령은 이별을 경험해 본 적이 없었기에 그리도 쉽게 이별의 말을 했던 건지도 모릅니다. 참으로 바보 같은 짓이었지요. 그러나 우리도 살면서 늘 올바른 선택만을, 최선의 판단만을 하진 않잖아요? 가슴 아파하면서 후회할 때가 늘 있기 마련이죠. 아마 도령도 그랬나 봅니다. 어느새 입신양명을 위한 과거 시험보다 그녀에 대한 기억이 더욱 크게 다가옵니다. 그래요. 이런 상황에 머물러 있을 수만은 없지요. 눈이 내린 어느 밤 도령은 큰 숨을 한 번 쉬고 발을 내딛습니다. 그녀가 있는 평양으로요.

동구 음.

쌤 쉽지 않은 여정이었습니다. 발병이 나서 인근 농가에 들러 가죽신을 짚신으로 바꾸고, 털모자를 벙거지로 바꿉니다. 굶주리기 일쑤인 데다 잠도 제대로 자지 못해 행색이 거지 차림이 됩니다. 그렇지만 자신이 버렸던 그녀를 만나기 위해 도령은 쉬지 않고 걷습니다. 결국 한 달 남짓 만에야 평양에 도착하지요. 도령은 예전에 그녀가 있던 곳으로 가 보았지만 그녀는 이미 그곳에 없습니다. 단지 그녀의 어미로부터 그녀는 신임사또 아들의 첩이 되었다는 말을 냉랭하게 전해들을 수 있을 뿐이었지요.

여기까지 와서 이대로 포기할 수는 없겠지요. 도령은 자신이 예전에 도움을 주었던 아전에게 사정을 알리고 도와달라고 부탁합니다. 그리고 사또의 집 마당을 청소하는 하인으로 변장하게 되지요.

나정 헐.

쌤 도령은 눈이 쌓인 사또의 집 마당을 쓸면서 옥소선을 찾습니다. '그녀와 단 한 번만이라도 마주칠 수 있다면…' 하고 생각하면서요. 여러분 이 소설의 제목인 〈소설인규옥소선〉의 의미를 이제 알겠지요? '눈을 쓸면서 옥소선을 엿보다'라는 말을요.

도령은 곱게 자랐습니다. 글공부만 했을 뿐 육체 노동을 해 본 적이 없지요. 당연히 마당을 쓰는 솜씨도 형편없었습니다. 주위 사람들이 이런 서툰 모습을 보며 킥킥댑니다. 사또의 아들 역시 그 모습을 보고 웃음을 참을 수 없어 자란을 부르지요. 그리고…

나정 어머! 그를 보았군요!

쌤 맞습니다. 자란은 도령을 한참 동안이나 멍하니 쳐다봅니다. 어쩌면 이 순간이 바로 그녀의 삶에서 가장 행복한 순간이 아니었을까요? 비록 자신을 버렸지만 그 사랑을 잊지 못해 다시 찾아

온 그 남자. 그녀를 만나기 위해 모든 것을 버리고 남루한 차림
으로 몰래 변장해 들어온 그 남자. 그런 그를 보면서 말이지요.

동구 애절하네요.

쌤 이제는 이 둘을 가로막을 그 어떤 것도 존재하지 않습니다. 도
령을 본 자란은 말없이 앉아 눈물만 흘립니다. 사또의 아들이
그 이유를 묻자 자란은 내일이 아버지 제삿날인데 집에는 노모
혼자뿐이라 걱정이 되어서 그런다고 말하지요. 사또의 아들은
그 말을 듣고 자란에게 집에 가서 제사를 지내고 오라고 흔쾌히
보내줍니다. 그렇게 자란은 무사히 그곳을 나왔습니다. 이제
도령을 찾아야 할 차례이죠.

붕이 자란도 아주 기지가 뛰어나네요. 그 상황에서 현명하게 잘 말
했군요.

쌤 그렇습니다. 하지만 이것은 모든 것을 건 운명의 도박이었습니
다. 표면적으로 봤을 때는 분명 관의 기생이 연인과 도망치는
셈이니까요. 자란은 집으로 향합니다. 그곳에서 어미를 만나
도령이 어디 있는지 물어보죠. 어미는 대답합니다. 며칠 전에
왔다 가긴 했지만 그냥 보냈다고. 그가 어디 있는지 알게 뭐냐
고 말이죠. 심드렁하게 답하는 어미를 향해 자란은 울부짖으며
따집니다. 말 하나하나에 도령에 대한 여인의 진정한 사랑이 담
겨 있는데요. 잠시 들어 볼까요?

그게 사람으로 할 도리입니까? 어머닌 어떻게 그러실 수가 있어요?

관찰사 어르신의 생일잔치에서 춤추던 날, 관아의 모든 사람들이 도련님의 짝으로 저를 지목했었어요. 사람들이 그렇게 맺어 주었다고는 하나 실은 하늘이 정한 짝이었던 거예요. 이게 바로 제가 도련님을 저버릴 수 없는 첫째 이유예요.

그날 이후로 단 하루도 곁을 떠나지 않았으며, 자라서는 서로에게 사랑의 감정을 갖게 되었어요. 도련님이 비록 저를 잊는다 해도 저는 죽을 때까지 잊을 수 없으니, 이게 바로 제가 도련님을 저버릴 수 없는 둘째 이유예요.

전임 관찰사께서는 저는 사랑하는 아들의 여자로 여겼으며, 미천한 몸이라 해서 차별을 두지 않으셨어요. 저를 어여삐 여기서 마음이 깊으셨지요. 이토록 하늘 같은 은혜를 받는 건 세상에 드문 일이지요. 이게 제가 도련님을 저버릴 수 없는 셋째 이유예요.

평양에서 살면서 제가 많은 사람을 보아 왔지만 타고난 품성이 빼어나고 재주가 민첩하면서도 넉넉하기로는 도련님만한 사람이 없었어요. 저는 늘 이 분께 몸을 맡겨야겠다는 생각을 가져 왔으니, 이게 제가 도련님을 저버릴 수 없는 넷째 이유예요.

도련님이 저를 버린다 해도 저는 저버릴 수 없건만, 제가 못난 탓에 죽음으로 절개를 지키지 못하고 위세에 눌려 지금 새로운 서방님께 웃음을 바치고 있지요. 그런데도 이 미천한 것에게 무슨 볼 것이 있다고 도련님은 천 리를 멀다 않고 걸어오셨지요. 이게 제가 도련님을 저버릴 수 없는 다섯째 이유예요.

나정 참으로 구구절절하네요. 자란의 애틋한 마음이 너무 와 닿아요.

쌤 그래요. 자란은 자신을 버리고 떠난 남자라도 그걸 포용하고 받아들일 줄 아는 여자였습니다. 그녀는 도령이 있을 만한 곳을 생각해 봅니다. 그리고 아전의 집에서 도령을 만나 사랑의 도피를 결행합니다. 밤을 틈타 달아난 이들은 평안도의 시골 촌가로 들어갑니다. 이곳에서 도령은 머슴살이, 자란은 베 짜기와 바느질을 하며 근근이 생계를 이어갑니다. 도령의 집에서는 행방불명된 자식을 도저히 찾을 수 없어 상을 치르고 빈 무덤 앞에서 제사를 지냅니다. 과연 이들은 앞으로 어찌 살아갈까요?

붕이 막막하네요. 사랑 때문에 고생을 사서 하는군요.

쌤 도령과 자란 역시 사랑의 도피를 했지만 이것이 계속 안정적으로 이어질지는 미지수입니다. 자란은 명석한 여인이었지요. 보다 안정된 삶을 위해서 그녀는 그를 공부시키기로 합니다. 어려운 상황 속에서도 도령이 학업에 전념할 수 있도록 삼 년간 뒷바라지하지요. 그리고 도령은 장원 급제하고 아버지를 만나며, 세세한 사정을 들은 임금은 두 사람의 혼인을 허락합니다. 어려운 과정을 거쳐서 결국 사랑의 성취를 이루게 된 것이지요.

나정 다행히 해피엔딩으로 끝나게 되었네요.

쌤 네. 그렇습니다. 오늘은 고백을 주제로 한 마지막 시간인데요. 그것과 관련해서 소설을 한번 살펴보지요. 일단 가장 눈에 띄는 점이 있습니다. 바로 도령의 아버지인데요. 이 아버지, 당시 시대에 비추어 봐서는 정말 파격적이네요. 열두 살 아들에게 당대 최고의 기생을 소개시켜 주고, 어린 남녀가 사랑을 나누는 것을 용인하며, 이사 갈 때에는 정식결혼 전임에도 첩으로 데려갈 것을 제안하기까지 합니다. 진정한 사랑이 무엇인지를 잘 알고 있는 인물이지요.

붕이 정말 대단하세요. 우리 아버지도 이렇다면… 흐흐, 제가 볼 때 이 〈소설〉은 이 시대의 아버지들이 읽어야 할 소설이네요, 헤헤.

쌤 하하, 그런가요? 동감합니다. 하지만 여러분도 언젠가는 아버지, 어머니가 되지 않겠어요? 그런 의미에서 여러분도 함께 읽으면 더 좋을 것 같습니다. '아버지' 하면 예나 지금이나 조금은 엄한 이미지가 있지요. 특히나 조선시대의 아버지는 대체로 엄격한 유교적 윤리의 수호자 역할을 했습니다. 이 작품에서는 그런 가부장적인 모습을 탈피해서 아들의 만남을 주선했다는 점이 상당히 흥미롭지요.

동구 정말 그런 것 같네요.

쌤 그래요. 그리고 작품에서 눈여겨볼 것은 바로 재결합입니다. 실제 우리의 삶에서도 종종 일어나는 일이지요. 사랑하는 연인과 헤어졌다가 서로를 못 잊어 다시 결합하게 되는 것 말이에요.

나정 제 친구도 그런 적이 있어요. 헤어졌는데 후회하면서 다시 만날까 말까 엄청나게 고민하다가 결국은 다시 만나게 되었지만요.

붕이 혹시 네 얘기 아냐?

나정 너 맞을래? 응?

붕이 헤헤, 농담이야.

쌤 자, 〈소설〉에도 재결합하는 부분이 나옵니다. 이별이란 아무런 예고도 없이 일순간의 감정에 휘말려 충동적으로 다가올 수도 있고, 조금씩 쌓였던 감정의 찌꺼기가 어느 날 폭발하면서 실현될 수도 있습니다. 만약 이별을 경험하게 된다면 그 두 가지 이별 중 어디에 해당하는지 마음을 가라앉히고 곰곰이 생각해 볼 필요가 있지요. 후자의 경우에는 충분한 이별의 이유가 되지만 문제는 전자일 경우입니다. 순간의 잘못된 판단과 경솔한 언행으로 아무런 준비도 되지 않은 상태에서 예고치 않은 이별을 결정한 셈이니까요. 이런 이별의 경우 얼마 지나지 않아 후회할 가능성이 높습니다.

작품에서 도령도 자신의 행동에 대해 후회를 하지요. 눈 내린 달밤에 그녀를 떠올리며 말입니다. 그래도 그는 어찌 보면 무모할 정도의 행동으로 자신의 잘못을 바로잡습니다. 그리고 결국 행복을 움켜지게 되지요. 그가 우리에게 던지는 메시지는 뭘까요?

동구 후회가 분명한 이별이라면 다시 한 번 만나 이야기할 필요가 있다는 것 아닐까요?

나정 이미 헤어진 사이라도 다시 사귀는 것을 두려워하지 말라는 의미 같아요. 둘 사이의 믿음과 사랑이 있다면 말이죠.

붕이 음… 글쎄요. 이별하기 전에는 충분히 고민할 필요가 있다는 걸 알려 주는 게 아닐까요? 마치 "너희는 나처럼 시행착오를 겪지 마. 정말 개고생한다니까." 라고 말이지요, 헤헤.

쌤 이야, 놀랍습니다. 여러분 모두 많이 늘었네요. 아주 좋습니다. 문학에는 사실 정답이 없어요. 시험에 나오는 오지선다형으로 하나의 문학 작품을 이해하기는 불가능합니다. 주인공의 행동 하나에 대해서도 이렇게 다양한 의견이 쏟아져 나오는 걸요?

쌤은 여러분 모두의 의견에 동의합니다. 어느 것이 정답이고 어느 것이 오답이라고 할 것이 없지요. 작품의 해석은 결국 독자, 즉 읽는 이의 몫이니까요. 각자가 해답을 찾는 과정을 통해 스스로 배우고 깨우쳐 갈 수 있다고 쌤은 생각합니다.

자 여러분, 〈소설인규옥소선〉 역시 흥미로운 작품이었죠? 이것으로 고백에 대한 마지막 시간이 끝났습니다. 다음 시간에는 연애로 갑니다. 한 단계씩 진도가 나가기 시작하네요. 건강한 모습으로 다시 뵙죠. 이만 마치겠습니다.

동구 감사합니다.

쌤의 한마디 ⭐

이별 후 연인과 다시 사귀는 것은 어쩌면 처음 사귀는 것보다 더 용기가
필요할지도 모릅니다. 그러나 충동적이고 경솔한 판단으로 인한 이별
인 경우에는 남은 평생을 후회하기보다는 적극성을 발휘하는 것이 나을
수 있습니다. 자신의 실수를 만회하고 행복한 미래를 다시 꿈꾸기 위해
서는 말이지요. 이별 후라면 한 번쯤은 되돌아보세요. 다시 움직여야 할
지를요.

〈소설인규옥소선〉,
세상에 떠도는 옛이야기를 모으다

이 작품은 항간에 떠돌던 이야기를 각색하여 나중에 한문으로 기록한 소설입니다. 조선 숙종 때의 문신인 임방(1640~1724)이 편찬한 『천예록』에 남아 있지요. 그리고 조선 후기 3대 야담집인 『청구야담』, 『계서야담』, 『동야휘집』에도 실려 있답니다.

많은 사랑 이야기 중에서도 〈소설〉이 독자에게 감동을 주는 이유는 아마 격정적인 두 남녀의 사랑 때문이 아닐까 합니다. 이별을 경험해 본 적 없는 도령의 철부지 없는 말 한마디, 영원할 것만 같았던 남녀의 이별, 눈 내린 달밤 아래에서 그녀를 그리워하며 진정한 사랑을 깨닫는 모습, 거침없이 그녀에게 향하고 우여곡절 끝에 사랑의 도피에 성공하는 장면. 마치 영화를 보는듯한 이 모든 순간들이 독자에게 강한 인상을 남깁니다. 이런 어려움을 극복하고 결국 사랑을 성취하는 두 남녀의 모습에서 우리는 큰 감동을 받지요.

가담항설街談巷說은 길거리나 세상 사람들 사이에 떠도는 이야기입니다. 귀신과 도깨비부터 남녀 간의 사랑, 기인의 행적, 낯선 곳으로의 여행까지 그 소재는 무척이나 다양하고 흥미로웠지요.

임방이 남긴 『천예록』에는 총 62편의 다양한 이야기가 담겨 있습니다. '천예'란 '하늘의 끝'이라는 의미인데요. 인간의 이성으로는 이해하기 힘든 자연현상이나 세상사의 기이한 사건들을 기록한 책이라는 의미입니다.

이 책에는 당시 회자되던 전우치, 윤세평, 장도령과 같은 신출귀몰한 인물의 이야기부터 〈소설〉과 같은 양반과 기생의 사랑 이야기까지 실제 있었거나 있음직한 사건들이 기록되어 있습니다. 기생 일타홍과의 아름다운 추억을 간직했던 심희수, 아내로 둔갑한 이리와 하룻밤을 지낸 김수익의 이야기, 병을 앓다 홍어로 변한 아버지의 비화를 들려준 한 벼슬아치의 이야기 등 현실과 가상세계를 오가는 흥미로운 내용들도 들어 있지요.

잠이 오지 않는 무더운 여름밤에 『천예록』에 실린 이야기 한 편씩을 읽는 것은 어떨까요?

연애

그 달콤쌉쌀한

시나몬 향의 추억에

빠지다

애들아
밀당은 나처럼 하는 거란다

〈홍계월전〉

쌤 잘 지냈나요 여러분? 오늘 참 날씨가 화창하고 좋네요. 창 밖에는 벌써 푸른 녹음이 짙어지고 종달새 지저귀는 소리가 들립니다. '만남'을 공부할 때가 봄이었는데 벌써 계절이 여름으로 바뀌었네요. 마치 시간이 흐르면서 우리의 사랑도 성숙해 가는 것 같습니다. 오늘은 연애의 첫 번째 시간입니다. 만물이 약동하고 생명력 넘치는 이 여름에 아주 어울리는 주제 같군요.

나정 쌤, 첫 시간이 엊그제 같은데 생각해 보면 시간은 정말 빨리 흐르는 것 같아요. 연애할 때도 그렇고 재미있는 수업을 들을 때도요.

동구 맞아. 그래서 '소년이로학난성일촌광음불가경少年易老學難成一寸光

陰不可輕'이란 말도 있잖아.

나정 오잉? 그게 무슨 말이야?

동구 '소년은 늙기 쉽고 학문은 이루기 어려우니 짧은 시간도 가벼이 여기지 말라.'는 말이지. 주자의 〈권학문〉에 나오는 말이야.

나정 우왕, 너 박식하다. 완전 멋진데?

동구 ….

붕이 어어? 뭔가 이상한 분위기가 감지된다?

나정 뭐래? 얘는 또.

쌤 동구가 좋은 말을 해 주었군요. 그래요, 해와 달이 반복되고 계절이 순환하면서 시간은 흐릅니다. 시간이란 마치 강물과도 같지요. 어떤 것이든 눈에 띄자마자 곧 흘러가고 다른 것이 그 자리를 메워 버려 붙잡을 수 없으니까요. 우리도 이러한 소중한 시간을 함께하며 의미있게 보냈으면 좋겠네요.

나정 오늘 수업의 제목이 너무 맘에 들어요. '얘들아. 밀당이란 나처럼 하는 거란다.'라니요.

쌤 하하, 그렇습니다. 오늘 함께 살펴볼 〈홍계월전〉은 눈여겨볼 만합니다. 우리 주인공이 진정한 밀당의 진수를 보여 주거든요. 바로 들어가 볼까요? 중국 명나라 때 형주 땅에 이부시랑을 맡은 홍무라는 선비가 살았습니다. 이부시랑은 정사품 벼슬이지요. 그와 아내에게는 걱정이 하나 있었습니다. 나이가 마흔이 넘어가는데 대를 이를 자식이 없었지요.

그렇게 지내던 어느 날 부인의 꿈에 선녀가 나타납니다. 옥황상제께서 자식이 없는 것을 불쌍하게 여긴다고 말하며 계수나무 가지 하나를 건네주지요. 그리고 얼마 후 부인은 아이를 낳습니다. 내심 아들을 기대했건만 아이가 딸이어서 조금은 아쉬웠죠. 그러나 하늘로부터 받은 아이 아닌가요? 부인은 아이의 이름을 계월로 짓고 사랑해 줍니다. '계수나무 계'자와 '달 월'자인데요. 달나라 계수나무 아래에서 방아를 찧는 토끼가 생각나지요? 소설의 제목인 〈홍계월전〉은 주인공 계월의 이야기입니다.

계월은 미모를 타고난 데다 총명하기까지 했습니다. 어느 날 아버지 홍 시랑은 계월을 데리고 당시에 유명한 곽 도사에게 찾아가 관상을 보지요. 계월의 얼굴을 유심히 관찰하던 도사가 이윽고 입을 엽니다. "이 아이는 다섯 살에 부모와 이별하고 방황할 것이오. 게다가 세 번 죽을 상이라오. 하지만 그 고비를 넘기면 어진 사람을 만나 지위가 높아져 온 세상에 명성을 떨칠 것이라오."라고요. 홍 시랑은 놀라움을 금치 못하며 집으로 돌아와 부인에게 말합니다. 딸에게 닥쳐올 위험을 피하게 하기 위해서 남자 옷을 입혀서 키우자고요. 그렇게 계월은 남장한 채로 지내게 됩니다.

세월이 흘러 계월이 다섯 살이 되던 해, 홍 시랑은 친구 정공의 집으로 놀러가게 됩니다. 그곳까지 삼백오십 리, 약 백사십 킬로미터나 떨어진 먼 곳이었지요. 여러 날이 걸려 도착한 후 친구와 회포를 풀고 다시 귀향길에 오릅니다. 근데 여기서 문제가 발생하지요.

붕이 어떤 문제인데요?

쌤 인근 지역에서 장 시랑이란 자가 반란을 일으킨 것이죠. 반란군 때문에 홍 시랑은 고향으로 돌아갈 수 없게 됩니다. 집에 남아 있던 부인과 계월 역시 피란을 가게 되지요. 그러다가 도적을 만나 부인은 납치되고 어린 계월은 돗자리에 둘둘 말려 강물에 던져지게 됩니다.

나정 어머나, 세상에나.

쌤 전쟁은 정말 끔찍한 것이지요. 단란했던 세 가족이 모두 뿔뿔이 흩어지게 되었으니 말이에요. 강물에 휩쓸려 떠내려가던 계월은 다행히 여공이란 사람에 의해 구출됩니다. 그에게는 계월과 동갑인 아들 보국이 있었습니다. 여공은 이 둘을 잘 키우기로 마음을 먹지요. 두 아이가 일곱 살이 되던 해입니다. 마을에 유명한 도사가 왔다는 말을 들은 여공은 두 아이를 데리고 스승으로 모시러 갑니다. 그런데 이 도사, 전에 한 번 나왔지요. 누굽니까? 바로 계월이 세 살 때 그녀의 미래를 점쳤던 곽 도사입니다. 곽 도사는 두 아이를 보며 은은한 미소를 짓습니다. 그리고 말하지요. "제게 믿고 맡기세요."

붕이 크크.

쌤 자, 세월이 흐르고 계월과 보국은 함께 과거 시험에 응시하게 됩니다. 보국도 똑똑하지만 총명하기로는 계월이 더 위에 있나 봅니다. 임금님은 둘의 글을 읽고 계월을 장원으로, 보국을 부장원으로 뽑지요. 아 참, 여러분 잊으면 안 될 것이 있습니다. 계월은 세 살 이후로 계속 남장 차림으로 다닌 걸 말이죠. 친부모와 곽 도사 외에는 아무도 계월이 여자인 걸 모릅니다. 얼마 후 북방에서 큰 규모의 반란이 일어났는데요. 벼슬에 오른 이 둘은 임금의 명을 받아 반란을 진압하러 갑니다. 평국(계월의 남자이름)은 대장인 원수 직함을, 보국은 그 아래 중군장 직함을 받고 출전하지요. 직급상으로도 계월이 보국보다 훨씬 높지요. 군대는 엄격합니다. 전시 중에는 상관의 말 한마디가 곧 법이거든요.

전쟁이 벌어졌는데 여기서 작은 사건이 하나 벌어집니다. 적과의 대치 상태에서 보국이 적장과 일대일 대결을 벌이겠다고 고집을 부립니다. 평국이 볼 때는 무리라고 판단해 만류를 하였건만 보국은 자신의 주장을 끝까지 꺾지 않습니다. 상관 입장에서는 말 안 듣는 부하가 곱게 보일리 없지요. 평국이 말합니다. "전장에서는 장난으로 하는 말이 없다. 만일 적장의 목을 베어 오지 못하면 어떻게 하려느냐?" 그러자 보국이 말합니다. "만일 베어 오지 못하면 군법을 시행해 소장을 처벌하소서."라고요.

본인이 그렇게 당당히 약속을 했으니 믿고 보냅니다. 그런데 웬

걸요? 적장의 꾀에 넘어간 보국은 적에게 사로잡힐 위험에 처하게 됩니다. 이 모습을 지켜보고 있던 평국은 직접 말을 이끌고 전장으로 뛰어들어가 적을 벤 후 보국을 옆구리에 끼고 데려오지요.

나정 호호, 말 안 듣고 까불다가 된통 당한 셈이네요.

쌤 그렇지요. 본진으로 돌아와 보국을 무릎 꿇린 후 평국은 명령을 내립니다. 약속을 어겼으니 군법대로 보국의 목을 베라고요.

붕이 헐, 대박이네요.

쌤 평국의 명령을 듣고 주위 사람들도 붕이처럼 다들 놀랐지요. 한 번만 용서해 달라고 간청을 합니다. 거듭된 만류에 결국 평국은 자신의 명을 거둡니다. 앞으로 경거망동을 삼가고 자신의 명을 따르라고 경고하면서 말이지요.

동구 보국은 간담이 서늘했겠군요. 한순간에 목이 달아날 뻔 했으니 말이에요.

쌤 그 후로 평국은 뛰어난 무력과 지혜로 적을 격퇴하고 반란을 평정합니다. 그 와중에 어린 시절 헤어졌던 자신의 부모님과도 재회하게 되지요. 평국은 국가를 위기에서 구해낸 일약 스타가 됩니다. 황제도 이를 크게 치하하며 평국과 보국의 아버지에게도 벼슬을 내리지요.

자, 한 고비 위기를 넘겼으니 이제 다른 차원의 위기가 닥쳐오겠지요? 이번 위기는 외부의 적이 아니라 남녀 간의 문제입니다. 어찌 보면 더욱 치열할 수 있겠네요.

나정 어떤 위기가 펼쳐지나요?

쌤 볼까요? 어느 날 평국은 병이 납니다. 시름시름 앓다가 점점 위중한 상태가 되지요. 국가를 구한 영웅을 잃을 수는 없잖아요? 황제는 최고의 어의를 보냅니다. 그리고 정성스런 치료를 하게 하지요. 그런데 비밀이 밝혀지게 됩니다. 바로…

붕이 바로 평국이 여자라는 사실이지요!

쌤 네. 남장을 하여 그간 아무도 알지 못했던 새로운 사실이 밝혀지게 되었지요. 지금이야 전혀 그렇지 않지만, 당시에 여성이 과거 시험을 보거나 벼슬에 오른 사례는 없습니다. 설령 있다고 해도 극히 예외적인 경우였겠지요. 이런 상황에서 여자가 남자로 성별을 속이고 관직에 나아가 군을 통솔했다는 것은 일종의 황제 기만죄에 속하지요.

나정 기만이 뭔가요?

동구 속인다는 뜻이야.

나정 아항, 그렇구나.

쌤 평국은 황제에게 상소를 올려 자신의 관직을 거두고 죄를 처벌해 달라고 요청합니다. 그러나 황제는 그녀를 용서하며 앞으로도 계속 나라를 위해 몸 바쳐 일할 것을 부탁하지요. 게다가 황제의 머릿속에 떠오른 생각이 하나 있습니다. 혼인을 주선하는 것 말이지요. 그 짝으로 누가 가장 어울릴까를 고민하다가 그

녀와 함께 공부하고 전쟁에 참여했던 보국을 점찍습니다. 계월
과 보국의 부모 역시 황제의 결정에 크게 기뻐하지요.

계월은 황제의 명을 거역할 수 없었습니다. 다만 이대로 곱게
시집가는 건 자존심이 상합니다. 얼마 전까지만 하더라도 자신
이 보국의 상관이었는데 이제 시집가게 되면 남편의 아내로서
순종하면서 살아야 할 운명이니까요. 그래서 시집가기 전에 그
녀다운 행동을 합니다.

붕이 어떤 행동을 하는데요?

쌤 계월은 아버지를 통해 황제에게 자신의 뜻을 전합니다. 결혼
전에 마지막으로 군대의 예의를 차리고 싶다고요. 황제는 기꺼
이 자신의 군대를 보내 줍니다. 계월의 앞에 깃발을 나부끼며
창과 검을 든 늠름한 황제의 군사가 도착하지요. 계월은 남자
옷을 갖춰 입은 후 군사를 이끌고 보국이 살고 있는 곳으로 갑
니다. 그리곤 전령을 보내 집에 있던 중군장 보국을 불러내지
요. 당시에 보국은 집에서 느긋하게 쉬고 있었거든요.

붕이 하하, 보국이 깜짝 놀랐겠네요.

쌤 전혀 예상치 못한 계월의 등장에 보국이 어쩔 줄 몰라 합니다.
그러면서 진정한 굴욕을 당하지요. 이 재미있는 장면을 잠시
볼까요?

"중군장 보국은 어찌 이렇듯 거만하단 말인가. 바삐 나타나지 못한

단 말이냐?"

보국은 다시 들어온 전령의 말에 크게 놀랐다. 황급히 갑옷을 입고 나섰다. 진영 앞에 다다랐을 때였다. 다시 벼락같은 소리가 들렸다.

"중군장 보국을 빨리 끌어내라."

보국은 크게 놀라 황급히 몸을 굽히고 원수의 막사로 들어가 걸었다. 그러자 좌우로 늘어선 장수들이 큰소리로 꾸짖었다.

"무엄하도다. 원수 앞에서 큰 걸음을 걷다니 무슨 짓이냐. 종종걸음으로 걸어라."

장수들의 호통이 귀에 벼락 치듯 울리자, 보국의 등에 땀이 흘렀다. 고개를 숙이고 종종걸음으로 장군대 앞으로 걸어가 그 앞에 엎드렸다. 대원수 계월이 호통을 쳤다.

"명령을 들었으면 즉시 대령할 것이지, 중군장이라는 자가 명령이 무거운 줄을 모르고 어찌 이렇게 거만하게 행동하는가? 군법으로 너를 벌하겠다. 여봐라, 이자를 당장 끌어내 곤장을 쳐라."

붕이 크크크, 보국 입장에서는 완전 마른하늘에 날벼락이네요.

나정 계월이가 시집가기 전에 아주 깽판을 치는 것 같아요, 호호.

쌤 비록 여성이지만 영웅과도 같은 기백을 가진 계월의 모습이 잘 드러나지요? 이렇게 계월이 보국을 압박하는 데는 시집가기 전에 미리 꽉 잡아 놓으려는 것도 있었지만 사실 또 다른 이유가 있었습니다. 그건 이들의 대화 속에 나타나는데요. 한번 볼

125

까요?

당황한 보국이 투구를 벗고 황급하게 말했다.

"원수는 용서하소서. 소장이 몸에 병이 있어 날마다 시름시름 아팠사옵니다. 오늘 약을 먹은 후에 정신이 혼미하여 몸을 제대로 가누지 못하고 있었는데, 뜻밖에 원수께서 행차하셨습니다. 그래서 원수께서 명령하셨음을 알았지만 재빨리 움직이지 못하였사옵니다. 태만한 죄를 생각하면 백 번 죽어도 마땅하지만, 병든 몸에 곤장을 맞으면 목숨을 보존하지 못할 겁니다. 제가 죄를 지었으니 마땅히 죽음으로 벌을 받아야겠지만, 백발이 성성하신 늙은 부모님들은 다만 저 하나만 보고 계신데 제가 죽으면 이를 어쩌겠습니까. 원수께서 큰 은혜를 베푸시어 소장의 죄를 용서하여 주옵소서."

이렇게 거듭 애걸했다. 그 간절함에 온 얼굴에 땀이 흐를 지경이었다. 하지만 원수 계월은 조금도 변함없는 목소리로 꾸짖었다.

"네가 병이 들었다고 거짓말을 하며 상관인 나를 속이려느냐? 그것이 더욱 큰 죄로구나. 네가 병이 들었다면 네 애첩 영춘이를 데리고 춘향각에서 풍류를 즐기며 논다는 말은 대체 무슨 말이냐? 내가 들은 그 말이 거짓말이란 것이냐?"

보국이 깜짝 놀라 고개를 숙이고 벌벌 떨었다. 그러면서 거듭 용서를 빌었다.

나정 딱 나왔네요. 애첩 영춘이.

쌤 네. 밀당을 하면서 상대를 확 당겨야 할 이유가 생긴 거죠. 계월은 이미 알고 있던 겁니다. 그리고 현재 자신의 지위가 높다는 점을 최대한 이용해 우위를 점한 것이지요.

나정 와, 완전 대박이네요.

쌤 여기서 끝나지는 않겠죠? 계속 가 볼게요. 계월은 보국의 부모를 생각해서 이번만은 용서해 주겠다고 합니다. 대신 한 번만 더 태만하게 굴면 그때는 목이 열 개라도 부족할 거란 말도 덧붙이지요. 계월이 돌아간 후 보국은 아버지에게 가서 자신이 당한 일을 토로합니다. 이때 보국의 심정은 어땠을까요? 아마 울분과 치욕으로 가득 차 있었겠지요? 하지만 여공은 껄껄 웃어 넘깁니다. 며느리가 천고의 영웅이라고 칭찬하면서 말이지요. 드디어 결혼하는 날이 되었습니다. 계월은 완전히 딴 사람이 된 것처럼 얼굴에는 풋풋한 미소가 드러납니다. 화장을 하고 울긋불긋한 비단옷을 갖춰 입으니 하늘에서 내려온 선녀와도 같네요. 계월과 보국은 서로 절을 하며 결혼식을 무사히 마칩니다. 보국이 말하지요. "그대가 예전에 높은 대원수의 지위에 있으면서 나를 죄로 얽어매어 골탕 먹이더니, 오늘 이런 날이 올 줄 알았소?" 계월은 부끄러운 듯 고개를 살짝 숙이고 대답하지 않습니다. 이렇게 첫날밤도 무사히 치렀지요.

붕이 밀 때는 확 잡아채더니 당겨질 대는 쑥 당겨 가네요. 진정한 연애의 고수 같아요.

쌤 그런데 또 일이 벌어집니다. 결혼식 다음날이에요. 계월과 보국은 양가 부모님께 인사를 드립니다. 그리고 보국은 아버지와 이야기할 것이 남아서 계월 혼자 가마를 타고 집으로 향합니다. 그런데 저 멀리에 보국이 사랑하던 첩 영춘이가 보이네요. 그녀는 정자 난간에 걸터앉아 시시덕거리며 놀고 있습니다. 계월을 보고도 일어서지도 않고 인사도 하지 않았지요.

나정 허, 설마?

쌤 계월은 분노했습니다. 즉시 가마를 멈추고 영춘을 잡아들이라고 하지요. 그 후로 어떻게 하는지 직접 볼까요?

추상같은 명령에 무사들이 신속하게 움직였다. 그들은 정자에서 영춘을 끌어내 계월의 가마 앞에 꿇렸다. 계월이 꾸짖었다.

"네 이년! 보국이 너를 사랑한다고 이렇게 교만하게 구는 것이냐? 정자 위에 높이 앉아서 본부인의 행차를 아래로 굽어보며 시시덕거리다니, 그게 옳은 행실이냐? 네년이 보국의 사랑만 믿고 나를 업신여기는구나. 너같이 요망한 년은 이 집안을 위해 살려둘 수 없다. 내 너의 목을 베어 집안의 법을 바르게 세우리라."

그러고는 서릿발같이 고함쳤다.

"이년을 당장 끌어내어 목을 쳐라!"

붕이 뜨아.

쌤 그 말 한마디에 영춘은 목이 베어졌습니다. 그리고 이 사실은
즉시 보국에게도 알려졌지요. 보국 입장에서도 놀랍고 황당합
니다. 또 마음속으로는 괘씸하고 분노가 치밀지요. '아니, 가장
인 나의 말을 듣지도 않고 어찌 내 첩을 죽인단 말이지?'라는 생
각이 계속 듭니다. 하지만 어쩌겠습니까? 계월이 비록 아내이
지만 자신보다 벼슬이 더 높습니다. 게다가 첩이 거만하게 굴어
서 벌한 것은 한 집안의 안주인으로서 당연히 할 수 있는 행동
이니까요. 그러나 속으로는 너무나 분합니다. 자신이 계속 당
하고 사는 것 같거든요. 보국은 계월에게 가지 않기로 합니다.
계월이 있는 곳에는 얼씬도 하지 않고 잠도 따로 자지요. 계월
역시 보국이 마음 씀씀이가 좁고 행동이 졸렬하다고 생각합니
다. 아무튼 부부는 이렇게 따로 지내며 세월은 흘러가지요.

붕이 당기기를 너무 세게 당긴 것 같네요.

나정 무슨 소리야. 그럼 첩이 저렇게 예의 없이 구는데 가만 놔두냐.
내가 볼 때는 괜찮아.

붕이 너 여자라고 같은 여자 편 드는 거지 지금?

나정 얼씨구? 그런 넌 남자 편 드는 거 아냐?

쌤 자자, 여기도 지금 밀당하고 있나요? 하하. 작품으로 다시 가
볼게요. 이렇게 갈라진 둘이 다시 합칠 수 있을까요?
얼마 후 그 계기가 찾아옵니다. 남쪽의 오나라 왕과 초나라 왕

이 반란을 일으킨 것이지요. 황제는 즉시 군대를 보내 반란을 진압하기로 합니다. 그런데 누구를 대원수로 할지 고민이 되지요. 계월은 여자임이 밝혀졌는데 그녀에게 다시 맡기는 것도 내심 마음에 걸립니다. 그러나 그녀 외에는 군을 이끌만한 적임자가 없습니다. 그만큼 계월의 통솔력과 용맹이 뛰어났기 때문이지요. 결국 황제는 계월을 대원수로 다시 한 번 임명합니다. 계월은 전처럼 보국을 중군장으로 임명하여 전쟁에 따라가도록 명합니다. 보국 입장에서는 분노가 하늘을 찌를 듯합니다. 꼴보기 싫은 아내를 상관으로 모시며 다시 전장에 나가야 할 처지가 되었으니까요. 그렇다고 명령을 거부할 수도 없습니다. 그랬다간 군법에 의해 당장 목이 달아날 게 뻔하거든요.

동구 계월도 대단하네요. 특히 남편을 쥐락펴락하는 데는 도사군요. 보국이 옴짝달싹도 못하네요.

쌤 네. 당길 기회가 왔으니 또 확 잡아당기는 겁니다. 게다가 전장에서 보국이 적과의 전투 중에 또 한 번 위기에 빠지게 됩니다. 말에서 떨어져 적에게 꼼짝없이 죽을 상황에 처한 것이지요. 이 모습을 지켜보고 있던 계월이 몸소 뛰어들어 적들을 베고 땅에 떨어져 뒹구는 보국을 구해 자신의 말 뒤에 태웁니다. 그리고는 진영으로 돌아와 한 마디 내던지요.

나정 뭐라고 하나요?

쌤 "겨우 이 정도이면서 평소에 나를 업신여겼느냐?"라고요.

나정 깔깔깔, 너무 멋져요.

붕이 이건 뭐 남자 망신 소설인가요?

쌤 하하, 대체적으로 여성 우위의 관점이 드러나긴 하지요. 아무튼 우여곡절 끝에 반란군을 무사히 평정하고 계월과 보국은 다시 집으로 들어옵니다. 처소로 돌아온 계월은 군복을 벗고 여자 옷을 입었죠. 그리고 보국을 찾아가 아내의 예로써 절을 합니다. 보국은 한편으로는 기뻐하면서도 한편으로는 두려워했지요. 보국이 말합니다.

"전쟁터에서 볼 때는 맹호의 거동 같더니, 지금은 양귀비의 모습 같구려. 그 변화무쌍함을 짐작하지 못하겠소."라고요. 그 말에 계월은 아무 말 없이 미소만 지을 뿐입니다.

붕이 에효, 남자 입장에선 정말 얄밉겠다.

쌤 결말은 해피엔딩으로 마무리됩니다. 몇 차례 더 일어나는 반란을 모두 평정한 후 이들은 화목한 부부로 여생을 보냅니다. 세월이 흘러 나이 마흔 다섯에 계월과 보국은 아들 셋, 딸 하나를 두는데요. 자녀들도 모두 훌륭한 사람이 되지요. 부부는 천수를 누리며 평안한 삶을 살다가 갑니다.

나정 적절한 밀당의 끝은 행복한 결말이네요. 아 부럽다.

붕이 그러게. 내 옆에 누구는 밀당을 할 상대도 없는데 말이야.

나정 허, 얘가 요즘에 자꾸 기어오르네?

동구 뭐… 지금은 없더라도 앞으로는 생기지 않겠어?

나정 !!

붕이 너 지금 얘 편드는 거야?

쌤 자, 이번 시간의 주제인 연애에 대해 생각해 봅시다. 연애는 상대에게 더욱 마음을 열고 함께 가치 있는 추억을 만들어 가는, 그 전보다 발전한 단계입니다. 그래서일까요? 서로를 알아갈수록 상대에게 나를 맞춰가기도 하지만 다른 점들 때문에 갈등과 다툼이 생기기도 한답니다. 마치 크기와 모양이 다른 톱니바퀴 두 개가 서로 맞물려서 삐걱대는 것처럼 말이지요. 물론 이런 갈등과 다툼을 너무 심각하게 받아들일 필요는 없습니다. 그것 역시 연애의 일부이고 더 크게는 우리 삶의 한 과정이거든요.

밀당은 그렇기에 흥미로운 것이랍니다. 사랑의 결실을 맺는데 적절한 긴장은 연애의 과정을 더욱 생기 있게 만들어 주기 때문이죠. 그렇기에 마음껏 밀고 당겨볼 것을 권합니다. 다만 이 한 가지만 주의하길 바라요.

붕이 그게 뭔데요?

쌤 극단으로 가지 않는 것이죠. 고무줄도 끝까지 잡아당기면 그 탄성을 잃고 끊어지기 마련입니다. 모든 인간관계가 그렇듯 연애에서도 극단을 향하면 돌이킬 수 없는 결과를 낳기도 하죠. 그렇기에 밀당은 예측 범위 내에서 하는 것이 적절하다고 생각합니다. 관계의 활력을 위해 계속적으로 하는 것은 좋지만 말이지요.

나정 쌤, 궁금한 게 하나 있어요. 밀당을 꼭 해야 하나요?

쌤 하하, 어려운 질문이군요. 글쎄요. 비유가 적절한지는 모르겠는데요. 중국의 현대사에 큰 영향을 끼쳤던 정치가 마오쩌둥이 이런 말을 했지요. "전쟁은 피 흘리는 정치요, 정치는 피 흘리지 않는 전쟁이다."라고요.

붕이 헉.

쌤 쌤은 '밀당은 피 흘리지 않는 사랑이요, 이별은 피 흘린 밀당이다.'라고 말하고 싶네요. 여기서 '피 흘리지 않는'은 '상처주지 않으며 서로를 배려하는' 이란 의미로 보면 될 것 같고요. '피 흘린'은 '서로에게 상처를 주며 극단으로 가는'의 의미로 받아들이면 될 것 같아요. 연애 속에서 피 흘리지 않을 정도의, 다시 말해 적당한 수준의 밀당은 둘 간의 관계에 활력을 주고 사랑의 감정을 공고히 하지만, 밀당으로 서로가 피를 흘릴 정도가 된다면 그 때는 함께 할 수 없게 되어 버리겠죠. 이는 갈라서게 되는 원인이 되고 심지어는 원수가 되기도 합니다. 결론적으로 쌤 생각은 이래요. '적당한 밀당은 필요하다. 게다가 아주 좋다.'

나정 흐음, 그렇군요.

쌤 자, 오늘은 연애의 첫 번째 시간으로 〈홍계월전〉을 살펴보았습니다. 사실 학교에서 이 작품을 배울 때는 '영웅소설이다, 여성 우위소설이다, 군담 소설이다.' 등으로만 접근하는 경향이 있는데요. 그러다보니 정작 우리 마음에 와닿지 않는다는 문제가 발생하지요. 연애, 그것도 밀당의 관점에서 소설을 읽는다면 무척 재미있고 우리 삶에 훨씬 근접하게 다가올 것이라고 봅니다.

붕이 넵.

쌤 다음 시간에는 또 다른 작품으로 연애에 대해 이야기를 나누어 보겠습니다. 이것으로 마치겠습니다.

동구 감사합니다.

쌤의 한마디

밀당은 사그러드는 불꽃에 공기를 불어넣고 부채질을 하는 것처럼 뜨거운 사랑을 지속하게 만드는 힘을 갖고 있습니다. 적정선만 지킨다면 밀당은 연애뿐만 아니라 기본적인 인간관계를 형성하고 유지하는 데 꼭 필요한 것이지요. 연애의 과정 속에 밀당이 없다면 그것은 어쩌면 죽은 연애일지도 모릅니다. 즉, 밀당은 살아 있는 연애의 필수 조건입니다. 사랑한다면 밀당하세요.

〈홍계월전〉,
여성들이 꿈꾼 세상을 그려내다

〈홍계월전〉은 작자·연대 미상의 국문소설입니다. 중국 명나라를 배경으로 주인공인 계월의 고행과 무용담을 흥미롭게 엮어냈지요.

　　이 작품에는 7단계로 된 영웅의 일대기 구조가 잘 드러납니다. 내용을 한번 살펴볼까요?

- 주인공 계월은 귀족이자 이부시랑인 홍무의 무남독녀이다.(고귀한 혈통)
- 홍 부부는 한동안 아이가 없었는데 어느 날 부인의 꿈에 옥황상제가 나타나 계수나무 가지를 건네준다. 그리고는 계월이 태어난다.(기이한 탄생)
- 어릴 때부터 계월은 한 번 보면 기억하는 총명함을 지니고 있다.(비범한 능력)
- 그 후 장 시랑의 반란으로 계월은 부모와 이별하고 강에 던져지는 위기를 맞이한다.(1차 위기)
- 다행히 여공의 도움으로 위기에서 구출되어 동갑인 보국과 함께 자란다.(조력자의 도움)

- 과거에 급제 후 관직에 나아가 반란을 진압하는 등 성취를 이루지만 다시 한 번 위기가 찾아온다. 또한 계월의 남장 사실이 발각되고, 결혼 후에도 보국과의 갈등이 심각해진다.(2차 위기)
- 그러나 계월이 황제를 구하고 보국 역시 계월의 능력을 인정하면서 갈등은 마무리되고 화목한 부부로 여생을 보낸다.(고난 극복과 행복한 결말)

이 작품은 남존여비 사상을 비판하며 여성의 주체성을 강조하고 있습니다. 작가는 여성 주인공을 남편 보국보다 우월한 모습으로 그려내고 있지요. 동문수학한 계월이 장원 급제하는 모습, 전쟁터에서 위기에 빠진 보국을 구해낸 뒤 호통을 치는 모습, 탁월한 능력으로 국가를 풍전등화의 위기에서 구해내는 모습, 남편의 애첩을 단칼에 베어 버리는 모습 등 작품 전체에서 여성 우위 관점이 잘 드러납니다. 여기에는 남성 중심의 봉건적 사회에서 벗어나고자 하는 여성들의 소망이 담겨 있다고 볼 수 있습니다.

사람이 돼지고기니?
등급 따지지 말렴

〈옥단춘전〉

~~~~~~

나정 쌤, 질문이 있어요.

쌤 응? 뭔데요?

나정 쌤은 결혼을 어떻게 하셨어요?

쌤 하하, 글쎄요. 왜 갑자기 그게 궁금하죠?

나정 휴, 고민이에요. 저는 언제쯤 결혼할까. 아니 결혼은 할 수 있을까요.

쌤 음, 그런가요. 나정이는 아직 어린 나이인데 벌써 결혼에 대해 고민할 필요가 있나요?

나정 저번 주말에 친한 사촌 언니 결혼식에 다녀왔는데 언니가 그러더라고요. 여자는 하루라도 빨리 시집가는 게 장땡이라고요.

쌤 물론 그 말도 일리는 있어요. 그렇지만 결혼을 언제 하느냐에 대한 생각은 사람마다 다르기 때문에 너무 일반화해서 받아들일 필요는 없어요. 빨리 하느냐, 늦게 하느냐보다는 오히려 누구와 하느냐가 훨씬 중요하다고 쌤은 생각해요.

나정 그렇겠죠? 벌써부터 고민할 필요는 없겠죠?

쌤 그럼요. 지금 나정이 입장에서는 결혼을 고민하기보다는 자신을 가꾸어 가는 데 더 관심을 기울이는 게 좋을 것 같아요. 여기서 '가꾼다'는 건 외모뿐만이 아니라 다른 모든 것들을 의미해요. 능력이나 경력, 지식, 품성과 태도 등 총체적인 것들을요.

나정 쌤 말도 일리가 있는 것 같긴 한데요. 그래도 너무 어려워요. 가꾸어 간다는 게 빠른 시일 내에 되는 것도 아니고 요즘은 어디서나 스펙을 요구하는 사회잖아요. 스펙 사회. 그래서 취업할 때도 스펙이 있어야 하고 결혼할 때에도 스펙이 있어야 하잖아요. 인터넷에서 결혼정보업체를 찾아보니 그곳도 스펙별로 등급이 나누어져 있더라고요. 1등급은 부모님 재산이 수백억 대에 자기 직업은 법조계 전문직 종사자였던가. 아무튼 거기서부터 쭉 내려와서 15등급까지 있더라고요. 여자라고 크게 다르지 않고요. 제가 몇 등급인지는 말 안할게요. 흑흑.

붕이 한 14등급 하냐? 아니면 15등급?

나정 야, 넌 언제 들어왔어? 설마 전부 엿들은 거야?

붕이 엿듣기는. 네가 감정몰입해서 말하는 통에 내가 옆에 앉은 것도 모르던데 뭘.

나정 헐, 들어왔으면 인기척이라도 해야지, 그렇게 몰래 와서 남의 고민이나 훔쳐 듣고 말야. 넌 등급 외다. 이놈아.

붕이 응? 뭐라고? 등급 외라고?

쌤 자자, 오늘은 동구가 좀 늦네요. 아마 곧 오겠죠. 더 이상 지체할 수 없으니 먼저 천천히 진도를 나가지요.

아까 나정이가 스펙 사회, 결혼 등급 얘기를 했는데요. 오죽하면 삼포 세대라는 말도 있지요? 삼포란 취업도, 결혼도, 출산도 포기하는 것을 일컫는데요. 이렇게 된 데에는 사회구조적인 문제도 있지만 지나치게 스펙과 등급만을 강조하는 잘못된 생각을 하는 사람들도 있기 때문일 거라 생각합니다.

오늘 함께 살펴볼 작품은 〈옥단춘전〉인데요. 아마 주인공인 옥단춘이 지금 세상에 태어난다면 이렇게 얘기했을 겁니다. "사람이 돼지고기니? 등급 따지지 말렴."이라고요.

붕이 크크크, 비유가 너무 적절한 것 같아요, 쌤.

쌤 이런 옥단춘의 모습을 보면서 우리가 생각하고 느낄 점이 분명히 있을 거라 생각합니다. 바로 작품으로 들어갈게요. 조선 숙종 때 이혈룡과 김진희라는 사람이 있었습니다. 이들은 각각 이 정승과 김 정승의 아들로 태어나 함께 공부하고 놀며 어린 시절을 보냈지요. 이들은 친형제처럼 친해서 서로 돕고 살 것을 맹세했습니다. 그런데 운명의 장난일까요? 하늘은 이들을 떼어 놓기로 했나 봅니다. 이들의 아버지인 두 정승이 같은 날 세상을 뜨게 되지요. 그 후 과거 시험에서 이혈룡은 연거푸 낙방을 하는 반면 김진희는 곧바로 급제를 해서 평안감사, 요즘으로 치면 평안도 도지사가 되지요. 같은 길을 걸어온 친구 간에 희비가 엇갈리는 일이 벌어진 것입니다.

나정 그렇게 되니 참 안타깝네요.

쌤 설상가상으로 혈룡의 집안에는 불운이 닥쳐 가세가 기울게 됩니다. 집에서 노모와 처자가 삼순구식三旬九食으로 가난에 허덕이는 모습을 눈물로 바라봅니다. 자신의 머리카락을 팔아 쌀로 바꾸어 가족을 먹이기도 하지요. 그러나 계속 이렇게 지낼 수는 없습니다. 자신의 친구가 평양감사가 되었다는 소식을 듣고 혈룡은 친구를 찾아가기로 합니다.

붕이 쌤, 삼순구식이 무슨 뜻이에요?

동구 삼십 일 동안 아홉 끼를 먹는다는 말인데 매우 가난하다는 의미지.

붕이 어, 언제 왔냐?

동구 지금 막 왔어. 늦어서 죄송합니다.

쌤 괜찮습니다. 자, 계속 볼게요. 아내가 시집올 때 입었던 옷을 팔아 마련해 준 노잣돈을 가지고 친구에게 도움을 청하겠다며 혈룡은 집을 나섭니다. 서울에서 출발해 수십 일이 걸려 결국 평양에 도착하지요. 그러나 웬일입니까. 거지 차림의 남루한 그의 모습을 보고 감영의 문지기가 내쫓는 것입니다. 도움을 청하긴커녕 친구의 얼굴조차 볼 수 없었던 것이죠.

나정 너무하네요. 요즘 같으면 찾아갈 것도 없이 전화 한 통이면 될 텐데요.

동구 과연 그럴까? 연락하는 것은 어렵지 않을지도 모르지. 도움을 받을 수 있을지는 미지수이지만.

나정 야, 친구면 당연히 도와줘야 하는 거 아냐? 게다가 평안도 도지 사라면 어려운 친구 하나쯤은 도와줄 만한 능력을 충분히 갖추었을 텐데.

쌤 네, 나정이 말이 맞습니다. 친구라면 당연히 도와주어야겠죠. 그러나 한 쪽은 상대를 친구로 여기지만, 다른 한 쪽은 상대를 친구로 여기지 않을 때 문제가 발생하죠. 평양에 도착 후 오랜 시간 친구를 만나지 못하며 방황하던 혈룡에게 드디어 기회가 옵니다. 대동강변 연광정에서 친구 김 감사가 잔치를 한다는 소문을 듣게 되지요. 그는 어렵사리 연회장으로 접근해 큰 소리로 외칩니다. "평양감사 김진희야, 너는 여기 와 있는 이혈룡을 몰라보느냐!"라고 말이지요.

그러나 술에 취한 김 감사는 그가 누군지 알아보지 못합니다. 두세 번을 외친 뒤 혈룡은 근처의 호위병들에게 얻어맞고 질질 끌려와 김 감사 앞에 무릎 꿇게 되지요. 혈룡은 고개를 들어 친구에게 말합니다.

"너를 친구라고 찾아왔는데 어찌 이토록 괄시하느냐? 옛날의 친구도 쓸데없고, 형제를 맺은 것도 쓸데없구나. 내가 네 처지라면 친구 대접을 이렇게 하지는 않겠다. 내 모든 모욕을 참고 한 가지 부탁을 하겠으니, 조금이나마 나를 도와준다면 굶주림에 신음하는 노모와 처자를 잠시 먹여 살리겠다."

그러나 이 말을 들은 김 감사는 오히려 호통을 칩니다. 그리고는 이 미친놈을 배에 실어다가 강물 한복판에 던져 버리라고 하지요.

붕이 허, 믿는 도끼에 발등 찍힌다더니 정말 나쁜 놈이네요.

쌤 그래요. 자신의 지위만 믿고 친구를 우습게 여기는 파렴치한 놈이죠. 그러나 불행하게도 이런 사람들이 세상에는 많답니다. 꼭 소설 속 이야기만은 아닌 것 같아요. 자, 이 연회에는 옥단춘이란 기생이 있었습니다. 신분은 미천하지만 미모와 착한 성품을 갖춘 여인이었지요. 그녀는 거짓으로 몸이 아프다고 한 후 연회를 빠져나와 몰래 뱃사공을 부릅니다. 그리고 몸값을 줄 테니 그를 죽이지 말아 달라고 부탁하지요. 결국 혈룡은 강물에 던져지는 대신 해변가에 풀려나게 됩니다. 그곳에서 혈룡과 옥단춘이 만나는 운명적인 일이 벌어지지요.

나정 예쁜 여인네가 마음씨도 곱네요. 꼭 저처럼 말이에요, 헤헷.

붕이 아 놔, 중요한 순간에 자꾸 이상한 소리하지 말아 줄래? 응?

쌤 그래요. 단춘이도 나정이처럼 마음씨가 곱나 봅니다. 이윽고

혈룡은 알게 됩니다. 무고한 자신의 죽음을 불쌍하게 여긴 옥
단춘이 사공에게 부탁하여 자신이 목숨을 건지게 되었음을 말
이지요. 단춘은 초라한 몰골에 겁에 질린 그를 자신의 집으로
데려다가 몸조리를 하도록 돕습니다. 그리고 그곳에서 그들은
사랑에 빠지게 되지요.

붕이 흠… 역시 집으로 데려오면 되는 건가….

나정 응? 뭐라고?

붕이 농담이야, 쿵.

쌤 세월이 흐르고 혈룡도 안정을 되찾습니다. 그렇지만 이렇게 살수는 없죠. 고향에는 노모와 처자도 있으니까요. 마침 과거 시험이 조만간 있다네요. 단춘은 혈룡에게 시험 응시를 권유합니다. 혈룡도 그렇게 하기 위해 아쉬운 마음을 담은 채 단춘과 헤어져 서울로 돌아갑니다. 자, 서울에 도착해 곧바로 노모와 처자를 찾아갔는데 이게 웬일입니까? 그들은 단정한 집에서 하인들까지 두고 별다른 어려움 없이 살고 있습니다. 이 모든 게 단춘이 그동안 몰래 물질적으로 지원을 해 주어서였지요. 자신의 가족까지 챙겨 주는 따뜻한 마음에 혈룡은 큰 감동을 합니다. 그리고 그 마음에 힘입어 당당히 장원 급제하지요.

하지만 전에 친구 김진희가 저지른 무자비한 소행을 혈룡은 잊을 수 없습니다. 과거의 친구에게까지 그런 악랄한 행동을 하는 위인이 관찰사로 있다면 그곳 백성들이 당할 고초는 불 보듯 뻔하지요. 혈룡은 나라와 백성을 위해 그간 있었던 일을 임금에게 그대로 얘기합니다. 임금은 곧바로 그를 암행어사로 임명하고 평양으로 보내지요. 이제 복수가 시작되는 순간입니다.

붕이 흥, 이제 전세가 역전되었군요. 된통 당해 봐라.

쌤 자, 곧바로 관청으로 들이닥치면 재미가 없겠지요? 먼저 역졸들을 풀어 비밀리에 민심을 듣고 증거를 수집하게 합니다. 그동안 혈룡은 옥단춘의 집으로 향하지요.

단춘은 소식이 끊긴 혈룡을 그리워하며 느즈막한 밤중에 잠 못 이루고 있습니다. 마당을 거닐며 그를 생각하다가 문득 뜰 안쪽에 웅크린 사람의 형상을 보게 되지요. 자세히 보니 누더기 차림의 혈룡이 서럽게 앉아 있습니다. 어찌 된 일인지 묻자 서울에 빚쟁이들이 몰려와 가세가 다시 몰락하고 과거 시험도 보지 못했다고 합니다. 게다가 여기까지 오는 도중 도적에게 노자와 의복을 모두 빼앗겨 거지꼴이 되었다고 하지요.

붕이 히야, 완전 아카데미 영화제 남우주연상급 연기네요.

쌤 단춘이 두 번이나 도와줬는데도 남자는 더욱 더 초라하고 작아질 뿐이네요. 아마 현실에서 이랬다면 여자 입장에선 무능한 남자라고 내쳐 버렸을지도 모르겠죠? 나정이라면 이 상황에서 어떻게 할래요?

나정 음… 어려운 문제네요. 아무리 사랑한다지만 계속 실패하는 남자를 곁에서 지켜보는 것은 마음 아플 것 같아요. 그래도 전 내치진 않을 거예요.

붕이 헤헤, 정말? 진짜?

나정 정말이야. 물론 안타깝게도 넌 너를 내칠 여자친구조차 없겠지만 말이야.

붕이 헐, 애가 또 공격적으로 나오네.

나정 네가 먼저 비꼬았잖아!

쌤 그렇군요. 좋습니다. 나정이가 그런 마음을 갖고 있다면 언젠가는 진정한 사랑을 경험할 거라 쌤은 생각합니다. 자, 단춘은 그 상황에서 뭐라고 했을까요? 한번 볼까요?

원, 서방님도 남 같은 소리를 하시네요. 사람이 일생을 살아가려면 무슨 일을 당하지 않으리이까. 그런 근심 걱정 마셔요. 과거를 못 보신 것은 역시 운수입니다. 다음에 또 보실 수가 있으니 그것도 실망하실 것 없어요. 내 집에 서방님 드릴 옷이 없겠소, 밥이 없겠소? 그만한 일에 장부가 근심하면 큰일을 어찌하시리까?

동구 와, 마치 내조의 여왕 같아요. 정말 듬직하고도 사랑스러워요.

나정 후훗, 저랑 옥단춘이랑 왠지 비슷한 데가 많은 것 같은데요.

쌤 하하, 그런가요? 옥단춘은 혈룡의 옷도 갈아입히고 목욕도 시키며 정성껏 위로합니다. 그리고 밤을 함께 보내지요. 다음 날 김진희가 연회를 연다고 하여 기녀 옥단춘은 불려가게 됩니다. 혈룡도 가만히 있을 수는 없지요. 거지 차림으로 혈룡은 연회장에 몸을 드러냅니다. 당황한 나졸들이 그를 잡아 층계 밑에 꿇려 놓으니 김 감사가 호통을 치지요. 왜 죽었어야 할 놈이 살아 돌아왔냐고 말이지요.

김 감사는 뱃사공들을 불러다 고문하여 전에 있었던 일들을 듣습니다. 그리고는 분통을 터뜨리며 혈룡과 옥단춘 모두 한배에 싣고 대동강 깊은 물에 던져 버리라고 하지요. 이쯤되면 옥단춘 입장에서는 혈룡이 미울 수도 있지 않을까요? 가만히 집에 나 들어가 있지 왜 또 여기까지 와서 자신까지 죽게 만들었냐며 말이지요. 그러나 단춘은 그리 생각하지 않습니다. 이 상황에서도 눈물을 흘리며 혈룡에 대한 믿음을 잃지 않지요. 들어 볼까요?

애고애고 우리 낭군 어찌하면 살 수 있소? 요전번에 죽을 목숨 살려 백년해로 언약하고 즐겁게 살려 하였더니, 일 년이 못되어 이런 죽음 웬일이요? 애고애고 우리 낭군 야속하고 원통하오. 나는 지금 죽더라도 원통할 것 없건마는, 낭군님은 대장부로 새겨나서 공명 한 번 못 해 보고 억울하게 황천객이 되면 얼마나 원통한 일이오⋯ 죽어도 같이 죽고 살아도 같이 살 우리이매, 저승에서 죽어도 후세에 다시 만나 이승에서 미진한 우리 정을 백 년 다시 살아 보십시다.

나정 구구절절 애절해요. 죽음을 앞둔 여인이 오히려 남자를 걱정하는 모습이 찡하네요.

쌤 그런 것 같습니다. 자, 물에 빠지기 직전입니다. 혈룡이 외치죠. "춘아 춘아, 죽어도 같이 죽고 살아도 같이 살자."라고요. 그리곤 연광정을 흘겨보며 소리지릅니다. "얘들아, 서리 역졸들아!" 곧 우레와 같은 함성 소리에 천지가 진동하지요. "암행어사 출두요!" 순식간에 전세는 역전됩니다. 당한 자의 통쾌한 반격 그리고 가한 자의 비참한 몰락이 실현되는 순간이죠. 김진희는 그간의 잘못이 밝혀지고 파직됩니다. 게다가 갑작스레 마른하늘의 날벼락을 맞아 머리털 하나 찾을 수 없게 사라지게 되지요. 악인의 비참한 말로를 볼 수 있네요. 이후 혈룡은 평안감사가 되어 선정을 베풀고 부인과 옥단춘을 데리고 삽니다.

붕이 흠, 마지막을 보니까 왠지 〈춘향전〉이 생각나네요.

쌤 잘 지적했습니다. 〈옥단춘전〉은 〈춘향전〉과 비슷한 점이 많이 있지요. 〈옥단춘전〉을 통해 어떤 것을 생각해 볼 수 있을까요? 우리는 자신의 짝을 찾을 때 정말 다양한 요소를 봅니다. 대기업의 깐깐한 면접관처럼 그 사람의 장단점을 하나하나 분석하려 들지요. 장점에 대해서는 당연히 있어야 할 것이 있는 것처럼 별 감흥 없이 넘어가지만, 단점 하나하나에는 돋보기를 들이대며 극도로 민감하게 반응하기도 합니다.

예를 들어 볼까요? 상대의 따뜻한 성격과 부드러운 말씨는 왠지 포근한 느낌이 들게 만듭니다. 비록 학벌이 좋은 편은 아니지만 아는 것도 많고 나와 대화도 잘 통하는 편이지요. 게다가 나를 아끼고 배려해 주는 기본적인 매너를 갖추고 있어요. 다만 그의 직업과 연봉은 나의 기대치에 도달하지 못합니다. 불안정한 비정규직에 있는 그의 미래는 아직 불투명합니다. 집안도

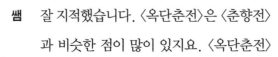

그다지 잘 살지는 못하는 것 같고요. 그래서일까요? 좋아하긴 하지만 그 관계 이상으로 발전하기에는 나의 믿음이 흔들립니다. 나의 선택 가능 범위에 그는 들어오질 못하고 아쉽지만 결국 이별을 통보하지요.

나정 왠지 안타까운 현실이네요.

쌤 지금 얘기는 흔히 볼 수 있는 우리의 일상 속 이야기입니다. 여자가 남자를 따지듯, 남자도 여자를 따지지요. 따지는 기준에는 남녀 간에 다소 차이는 있겠지만요.

물론 상대를 선택할 때는 신중하게 판단해야 합니다. 아무런 기준도 없이 경솔하게 나의 연인이나 배필을 결정하라는 의미는 아닙니다. 다만 그 기준에 대해 우리는 한 번쯤 생각해 볼 필요가 있지 않을까요?

우리 사회는 줄 세우기, 이른바 서열화를 참 좋아하는 것 같습니다. 그래서 경쟁, 차별, 스펙, 시험, 평가와 같은 것들에 우리는 너무 익숙합니다. 이것들은 우리의 일상이자 삶 그 자체가 되어 버리기도 했지요. 그리고 우리는 무비판적으로 이러한 것들을 당연하게 받아들입니다. 당장 학교부터 시험을 통해 평가를 하고 서로 경쟁을 하면서 점수에 따라 차이를 두잖아요? 이미 어렸을 때부터 체득된 겁니다.

문제는 이런 것들이 입시나 취직을 넘어서 어쩌면 가장 아름답고 순수해야 할 사랑의 영역까지 점령해 버린 것입니다. 나의 연인을 고르는 것도 일종의 선택의 문제인데, 그 선택의 기준을 이러한 사고방식이 차지해 버린 것이지요. 결혼 정보 업체에서 배우자에 대한 등급표를 만들어 비슷한 등급끼리 매칭시키는 것을 단순히 비판만 할 수는 없습니다. 그 등급표는 어쩌면 이 사회가 만들어낸 것일지도 모르거든요.

동구 으음… 공감해요, 쌤.

쌤 쌤 역시 이 사회 속에 살고 있기에 시대의 흐름을 무시하라는 의미로 말하는 것은 아닙니다. 오히려 젊은 여러분보다 쌤이 더 민감하게 반응하는 부분도 있을 겁니다. 쌤은 이미 많은 경쟁과 평가를 거쳐 온 세대니까요. 다만 다른 건 차치하더라도 적어도 사랑에 있어서는 쌤이 여러분에게 꼭 당부하고 싶은 게 있어요.

붕이 얘기해 주세요.

쌤 "가난이 대문으로 들어오면 사랑이 창문으로 나간다."는 말이 있지요? 물론 쌤도 공감합니다. 경제력은 나의 배우자를 고르는 기준에서 상당히 큰 부분을 차지하곤 하지요. 특히 상대방에 대해 잘 모를 때는 가장 간단히 확인할 수 있고, 수치화하기 쉬운 경제력이라는 것이 판단의 최우선 순위를 차지하기도 한답니다.

그렇지만 쌤은 그것보다 더욱 중요한 기준을 여러분에게 알려주고자 합니다. 그건 바로 가치관입니다. 가치관은 어떤 생각을 가지고 살고, 어떤 행동 양식을 지니며, 어떤 판단을 하는 지에 대한 근거에요. 그렇기에 한 인간의 본질을 규정짓는 가장 중요한 요소이죠.

부부는 서로를 바라보는 게 아니라 같은 방향을 함께 바라보는 것이라고 합니다. 그렇기에 나와 같은 방향을 바라봐 줄 사람을 곁에 두는 게 필요하죠. 내가 저쪽 길가에 핀 노란 꽃의 아름다움에 대해 이야기하고 있는데 상대는 카드 명세서를 보면서 적은 월급을 한탄하고 있다면 서로 대화가 되지 않을 것이고, 행복을 가꾸어 나가기도 쉽지 않을 것입니다. 가치관이 맞는 이와 함께 지내면서, 그리고 서로에게 충실한 상태로 함께 노력한다면 경제적인 부분도 조금씩 나아지는 경우가 많더라고요. 가치관의 조화는 행복을 낳고, 이 행복은 상대와 나를 긍정적 방향으로 이끄는 원동력이 된답니다.

나정 그런 것 같아요, 쌤.

쌤 소설에서 옥단춘이 경제적인 것만을 기준으로 삼았다면 아마 혈룡은 거들떠보지도 않았겠지요. 혈룡이 물에 빠져 죽을 위기에 처했을 때에도, 과거 시험도 보지 못한 채 거지 차림으로 돌아왔을 때에도 옥단춘은 한결같이 그를 받아들였고 그에게 헌신했습니다. 경제력이 아닌 뭔가 다른 차원의 끌림이 있었겠지요. 만약 집도 가난한 데다 벼슬도 없이 딱한 처지였던 혈룡에게 등급표를 들이대고 판단했다면 아마 옥단춘은 기회를 잡지 못했을 겁니다. 자신이 더욱 행복해질 수 있는 기회를요. 아까 옥단춘이 요즘 시대로 오면 뭐라고 할 거라고 했지요?

붕이 "사람이 돼지고기니? 등급 따지지 말렴."이라고요! 크크.

쌤 오늘 수업은 이것으로 마치겠습니다. 다음 시간에 다시 보지요. 수고했습니다.

동구 수고하셨습니다.

쌤의 한마디 ⭐

나무만 보고 숲을 보지 못한다는 말이 있습니다. 일부분만 보고 전체는 바라보지 못한다는 뜻이지요. 어쩌면 우리는 사람을 볼 때 이런 실수를 범하고 있을지도 모릅니다. 그곳에 있는 나무들 하나하나를 따지듯이 관찰하다가 숲의 아름다움을 놓치고 지나가 버리듯 말이에요. 상대방의 현재 조건을 생각해 보는 것은 필요합니다. 그러나 사람이란 1+1=2와 같은 절대적인 수학 공식이 아니지요. 그렇기에 우리에게는 상대의 '조건'보다는 상대 그 자체를 볼 필요가 있지 않을까요?

〈옥단춘전〉,
이름 속에 담긴 의미는?

〈옥단춘전〉은 작가와 연대 모두 미상인 국문소설입니다. 〈곽씨경전〉,
〈이어사전〉이라고도 하며 현재 10여 종 이상의 필사본이 전해지고
있습니다.

　　이 작품은 조선 숙종 때를 배경으로 합니다. 두 재상이 각각 같
은 나이의 아들을 두었는데, 그들은 동문수학하며 우의가 두터워 장
차 서로 돕고 살기로 약속합니다. 그러나 김진희는 이른 나이에 과거
에 급제해 평안감사까지 오르지만, 이혈룡은 과거에 합격하지 못하
고 가세가 기울어 집안이 몰락하게 됩니다. 가족들의 굶주림을 보다
못한 혈룡이 친구 진희를 찾아가 도움을 청하나 문전박대를 당하고
죽을 지경에까지 이르지요. 그러나 기생 옥단춘의 도움으로 혈룡은
위기를 극복하고 과거에 급제합니다. 이후 암행어사가 되어 김진희
를 단죄한 후 평안감사로 단춘과 행복하게 산다는 내용입니다.

　　〈옥단춘전〉의 등장인물 이름에는 의미가 담겨 있습니다. 먼저
단춘丹春의 단丹은 단심丹心, 즉 충절을 뜻하지요. 어떠한 상황에서도
혈룡을 변함없이 사랑할 것이라는 마음이 느껴집니다. 또 붉은 색은
생명력, 열정을 의미하는데 이는 싹이 트고 생명이 솟아오르는 봄春

이라는 계절과 어우러져 단춘의 활달하고 적극적인 성격을 나타냅니다. 스스로 운명을 개척해 가는 단춘의 모습이 이름 속에도 잘 드러나 있지요.

이혈룡李血龍은 '피 흘리는 용'을 뜻하는데요. 작품 초반에 이혈룡의 아버지 이정은 태몽을 꿉니다. 꿈에서 청룡이 구름 속을 노니는데 느닷없이 백호가 나와 혈투를 벌이지요. 결국 청룡은 백호를 내쫓은 후 하늘 높이 올라갑니다. 그리고 아내가 곧 태기를 얻어 혈룡이 태어나게 되지요. 결국 혈룡은 피 흘리는 힘겨운 과정을 거쳐 백호를 이기고 행복을 성취하는 운명을 타고난 셈이지요.

참고로 용은 상상 속의 동물로 영물인데요. 용을 그린 부적은 삼재(三災, 세 가지 재난)를 막고 소원을 성취하는 의미를 지닙니다. 인물의 이름 속에도 비범함이 담겨 있지요.

씁쓸함도 즐길 줄 알아야
진정한 연애고수지

〈소대성전〉

~~~~~~

붕이 쌤, 쌤, 안녕하세요.

쌤 어서 와요, 붕이. 왜 이렇게 헐레벌떡 달려왔나요?

붕이 일부러 달려온 겁니다. 요즘 살 빼려고 운동하고 있거든요.

쌤 하하, 그런가요? 좋아 보이네요.

붕이 넹. 이제 노출의 계절인데 살도 좀 빼고 몸을 만들어야지요.

나정 푸핫핫.

붕이 얼래? 넌 왜 웃냐?

나정 아니, 네가 몸을 만든다고 하니까 상상만 해도 너무 웃겨서 그
런다.

붕이 큉, 내 걱정 말고 본인 걱정이나 하시지 그래.

쌤 자, 모두 다 왔군요. 오늘 함께 살펴볼 〈소대성전〉은 여러분들에겐 생소할 수도 있는데요. 조선시대 당시에는 대단한 인기를 누렸던 소위 베스트셀러였답니다. 현재까지 남아 있는 이본만 51종이나 되지요. 그리고 이 작품에서 유래된 속담까지 있을 정도입니다. "소대성이 모양으로 잠만 잔다."를 예로 들 수 있지요.

나정 쌤, 그게 무슨 뜻이에요?

쌤 그 의미는 작품을 보면서 차차 알려 주도록 하지요. 속담이란 한 사회에서 관용적으로 쓰이는 말인데요. 속담이 통용되려면 많은 사람들이 작품을 알고 있어야겠지요. 그만큼 이 작품이 대중들에게 사랑받았음을 알 수 있습니다. 자, 함께 볼까요?
배경은 중국 명나라입니다. 소량이라는 사람이 병부상서 관직에서 물러나 고향에서 세월을 보내고 있는데 걱정이 하나 있습니다. 늙도록 자식이 없는 것이지요. 그는 자식을 기원하며 영보산 청룡사 노승에게 시주를 합니다. 그리고 꿈에 그리던 아들을 얻게 되지요. 아들의 이름은 대성이라고 짓습니다. 소설의 제목이자 주인공의 이름입니다.
대성이 열 살 되던 해에 부모가 연이어 세상을 뜹니다. 삼년상을 치르며 가산을 탕진하게 되어 결국 은자 오십 냥만 지닌 채 집을 떠나게 되지요. 그래도 마음만은 넉넉한가 봅니다. 대성은 한 주점에서 울고 있는 백발 노인을 만나지요. 이유를 물어

보니 돈이 없어 어머니의 장례도 치르지 못하고 있다고 하네요. 대성은 자신이 가진 은자 오십 냥을 모두 털어 줍니다. 그리고는 양치기도 하고 나무도 베어 주면서 생활을 연명해 가지요.

붕이 음, 현실에선 좀처럼 일어나기 힘든 일이군요. 그리 큰 금액은 아니라 하더라도 자기 재산을 몽땅 주다니 말이에요.

쌤 그렇지요. 그러나 그런 행동을 통해 삶에서 새로운 전환점을 맞이할 수도 있겠지요? 그리고 실제로 그렇게 됩니다.

대성이 머물고 있던 그곳에는 재상을 하다가 은퇴한 이진이라는 사람이 살고 있었는데요. 하루는 꿈속에서 청룡을 보게 됩니다. 놀란 마음에 꿈이 깬 이진은 청룡을 따라 산으로 올라가 보았더니 그곳 시냇가에 웬 목동 한 명이 잠들어 있네요.

동구 그가 바로 대성이었군요.

쌤 그렇습니다. 사람을 보는 안목이 높은 이는 타인을 겉모습만으로 판단하지 않지요. 이진 역시 그랬습니다. 비록 행색은 남루하지만 기골이 장대하고 늠름했던 대성이 한눈에 마음에 들었지요. 게다가 그와 이야기해 보고 더욱 놀랐습니다. 대성의 아버지인 소량은 이진이 관직에 있을 때 친구였기 때문이지요. 이진은 대성을 자신의 집으로 데려옵니다. 목욕을 시키고 옷을 갈아입히고 귀한 손님으로 정성스레 대접하지요. 거기에 그치지 않습니다. 이진에게는 3남 2녀가 있었는데요. 그중 막내 딸 채봉은 나이는 어리지만 미모와 덕을 겸비한 훌륭한 여인이었지요. 이진은 자신이 가장 아끼는 딸을 대성과 혼인시키고자 합니다.

나정 정말 마음에 들었나 보네요. 예쁜 딸까지 내어줄 정도라면.

쌤 그렇습니다. 대성의 입장에서는 행운이 겹겹이 다가오죠. 부귀한 집안에 들어가 극진한 대접을 받는 데다가 훌륭한 아내까지 얻게 되었으니 말이에요. 그러나 호사다마好事多魔라고 했던가요. 일은 예정대로 진행되지 않습니다.

붕이 왜요? 무슨 일이 벌어지나요?

쌤 일을 진행하는 데 가장 중요한 사람이 빠져 버리게 되면 결국 흐지부지되는 경우가 많지요? 마치 동력을 잃고 서서히 멈춰 버리는 기차처럼 말이에요. 대성의 인물됨을 알아보고 그와 채봉의 혼인에 가장 앞장섰던 이진이 덜컥 병이 듭니다. 그리고는 예정대로 혼례를 시행하라고 유언을 남기고는 세상을 떠나게 되지요.

영웅은 같은 영웅을 알아본다는 말이 있지요? 그러나 범인(凡人, 평범한 사람)은 영웅을 알아보지 못합니다. 사람은 아는 만큼만 보이거든요. 이진의 아내 왕 부인과 세 아들이 여기에 해당되었습니다. 이들의 눈에는 대성이 곱게 보일 리 없습니다. 근본도 알지 못하는 웬 녀석 하나가 갑자기 집안에 들어와서는 장래 가문의 일원이 될 거라고 대접받는 꼴이잖아요. 이들은 대성에게 증오를 품고 그를 몰아낼 계획을 세웁니다.

나정 곧 폭풍이 닥쳐오겠네요.

쌤 아주 비유가 적절하네요. 대성 역시 이들이 어떤 생각을 갖고 있는지 다 알고 있습니다. 단지 기다릴 뿐이죠. 마치 유비를 만나기 전의 제갈량처럼요. 다만 둘 사이에 차이점이 있네요. 제갈량은 유비가 세 번 방문할 때까지 초가집에서 책을 읽었지만 대성은 학업을 중단한 채 잠만 잡니다. 아침도 잠, 점심도 잠, 저녁도 잠 오로지 잠만 잤어요.

붕이 헤헤, 재밌네요. 모든 게 귀찮아서 그랬나요?

나정 아마 자신을 향한 증오어린 시선을 피하기 위해서가 아닐까요?

동구 회피는 아닌 것 같고, 달관이나 초월로 보는 게 적절할 것 같은데.

쌤 음, 저도 그 의견이 맘에 드네요. 장면 장면에서 여러분 각자가 자신의 목소리를 내는 것은 아주 좋습니다. 자신의 생각을 드러낸다는 것은 결국 문학을 제대로 이해하고 감상한다는 의미이지요. 아마 대성에게는 모든 마음이 다 있었을 겁니다. 이 부분에서 "소대성이 모양으로 잠만 잔다." 같은 속담도 나왔지요. 잠이 몹시 많은 사람을 비유적으로 이르는 말이랍니다.

왕 부인과 아들들은 대성을 미워합니다. 어떨 때는 밥을 많이 축낸다고 하루에 한 끼밖에 먹이지 않았지요. 이대로 두면 채봉의 신세를 망칠까 염려하여 결국 극단적인 방법을 써서 대성을 몰아내기로 하죠. 돈을 주고 자객을 고용해 그를 암살하기로 한 것입니다. 그러나 하늘은 영웅을 돕는다지요? 어느 날 밤 갑자기 심한 바람이 불어 대성이 머리에 쓰고 있던 관이 벗겨집니다. 기이하게 여긴 대성이 관을 태우고 점을 보니 앞으로 펼쳐질 모습이 눈앞에 보입니다. 그는 마음속으로 비웃습니다. 그리고 생각하지요. '에효, 가족이 문제구만, 가족이 문제야.'

나정 깔깔깔.

쌤 이윽고 늦은 밤, 대성의 방 안으로 그림자 하나가 스윽 들어옵니다. 그러나 유비무환有備無患이랬죠? 이미 준비를 마친 대성에게는 그 어떤 것도 위협이 될 수 없습니다. 둔갑술로 몸을 숨긴 채 대성은 자객에게 경고를 하지요. "투항하라. 투항하지 않으면 발포한다." 이런 식으로요.

동구 하하하하.

쌤 그러나 자객은 프로다운 모습을 보이네요. 돈을 받았으면 일을 마쳐야죠. 그래서 투항 안하고 끝까지 저항합니다. 그러다가 결국 대성에게 죽임을 당하지요.

동구 크크크크.

쌤 자, 자객을 해치우고 난 대성 입장에서는 너무나 화가 납니다. 어쨌든 미래에 자신의 장모와 매형 될 사람들이 자신을 죽이고자 한 게 밝혀졌으니까요. 불 같은 마음에 곧장 집안으로 쳐들어가 다 몰살해 버릴까도 생각합니다. 그러나 대성은 참기로 합니다. 이때 어떤 마음이 들었는지 한번 볼까요?

'제 비록 막되어서 나와 원수가 되었으나, 영인부아寧人負我언정 무아부인無我負人이라. 곧 남은 나를 배반할지언정 나는 남을 배반하지 않는다고 했으니, 이제 저들을 죽여 분한 마음을 풀고자 하면 대인의 후사가 끊어질 것이라 아직은 피해야겠다.'

붕이 와, 대인배다운 모습을 보이네요.

쌤 그렇습니다. 자신의 분노를 참지 못하고 충동적으로 행동했다면 끔찍한 결과가 초래되겠지요. 혼인을 약속한 채봉 역시 자신의 어머니와 오빠들이 죽는 것을 원치 않았을 겁니다. 참는 것이 그로서는 현명한 판단이었지요. 그러나 그 집안에 계속 있을 수는 없습니다. 떠나야 했지요. 자신을 위해서도, 채봉을 위해서도 말이에요. 대성은 한 편의 시를 남기고 떠납니다. 같이 볼까요.

주인의 은혜 중함이여, 태산泰山이 가볍고,
객의 정이 깊음이여, 하해河海가 옅도다.

사람이 지음知音을 잃음이여, 의탁依託을 오래도록 하지 못하겠고,
후손의 불초不肖함이여, 원수를 맺었도다.

자객의 보검이 촛불 아래서 빛남이여, 목숨 보전하여 천 리를 향하고, 아름다운 인연이 뜬구름 되었으니 알지 못하겠구나.

어느 날에 대성의 그림자라도 이 집에 다시 이르리오?

나정 시가 어떤 의미인지 알 것 같아요. 승상이었던 이진에게 많은 은혜를 입고 정이 쌓였지만 그가 떠난 지금은 그의 가족들과 원수를 맺게 되었네요. 자객을 보낸 그들로부터 멀리 떠나려 하니 자신과 인연을 맺은 채봉에게 아련한 마음이 자꾸 드는 거겠지요.

쌤 훌륭한 해석입니다. 나정이가 일취월장하는 게 보이네요. 자, 시를 남기고 대성은 기약 없는 이별의 길을 떠납니다. 언제 돌아올지, 아니 돌아올 수는 있을지 그 어떤 것도 알지 못합니다. 다만 안타까움, 분노, 막막함, 이별의 슬픔 등 수많은 감정들만 자신의 마음을 할퀴고 갔지요. 그는 떠납니다. 한편 왕 씨부인과 아들들은 대성이 남긴 시를 보고 어찌할지 걱정을 하다가 대성이 말도 없이 떠났다고 거짓 소문을 내기로 하지요.

동구 끝까지 교활하네요, 이 가족들은.

쌤 그렇습니다. 사랑에는 많은 장애물들이 있지만 거기에 가까운 사람들도 포함되어 있는 것 같습니다. 참으로 쉽지 않은 문제이지요.

나정 그래서 대성은 어떻게 되나요? 궁금해요, 쌤.

쌤 대성의 아버지인 소량이 아들을 얻기 위해 시주했던 절 이름이 기억나나요? 청룡사였죠. 대성은 그곳으로 가서 스승을 만납니다. 그에게서 병서와 경문을 오 년간 배우게 되지요. 그동안 채봉은 다른 곳으로 시집가라는 왕 씨 부인의 권고를 물리치며 대성이 돌아오기만을 기다립니다. 어쩌면 이들의 사랑을 이루기 위해서는 기다림이 필요했는지도 모르지요.

영웅이 세상에 모습을 드러내기 위해서는 어떤 계기가 필요합니다. 그리고 마침내 그 계기가 찾아옵니다. 호국이 명나라를 침공한 것이지요. 스승은 대성에게 보검을 건네주며 전쟁에 참여할 것을 명합니다. 대성은 전쟁터로 향하는 길에 이진의 영혼을 만나 갑옷을 얻고, 한 노인으로부터 말(청총마)까지 얻지요.

붕이 와, 완전 풀세트를 갖췄네요, 헤헤.

나정 얘 말하는 것 좀 봐. 게임 하는 것도 아니고 뭔 풀세트래.

붕이 아, 말이 그렇다는 거지.

쌤 조력자들의 도움으로 대성은 영웅적 면모를 과시하게 되지요. 전쟁에 나가 적군을 격파하고 위기에 처한 황제를 구합니다. 그리고 공식적으로 대원수 지위에 올라 호국에게서 항복을 받아내지요. 나라를 구한 공으로 대성은 노나라 왕으로 봉해집니다. 이렇게 대성은 권세와 부와 명예 모든 것을 얻었습니다. 자신이 원하는 것을 얼마든지 할 수 있게 되었지요. 대성은 채봉을 데려와 왕후로 삼습니다. 자신을 기다려 준 그녀에게 줄 수 있는 최고의 보답이지요. 그럼 그 가족들, 왕 씨 부인과 아들들은 어떻게 했을까요?

나정 과거에 분명 잘못은 있었지만 그들을 벌한다면 채봉이 마음아파하지 않을까요? 자신의 가족인데 말이에요.

붕이 한 번 대인배면 끝까지 대인배여야죠. 걍 용서해 줍니다.

동구 어쨌든 과거보다 중요한 건 현재이지 않을까요? 왕이 되었으니 진정한 왕처럼 관용을 베풀었을 것 같아요.

쌤 아주 좋습니다. 여러분의 생각 그대로입니다. 관용을 베풀어 용서했을 뿐만 아니라 극진히 대접하지요. 채봉과의 혼인으로 이들 역시 한 가족이 된 셈이니까요. 마음 씀씀이가 좋으면 행복이 찾아오나 봅니다. 그 후로 소대성과 채봉은 12남 3녀를 두며 함께 81세까지 살다가 세상을 떠납니다.

〈소대성전〉을 통해 몇 가지 생각해 볼 것들이 있는데요. 오늘 여러분들이 말을 너무 잘 해서 쌤이 계속 물어 보고 싶네요. 사랑을 이루기 위해서는 어떤 것이 필요할까요? 작품과 연관해서요.

나정 쌤, 전요, '사랑에는 기다림도 필요하다.'는 거요. 만약에 대성이 떠났다고 채봉이 다른 남자를 만나 버렸다면 둘은 이어지지 못했겠죠. 채봉이는 왕의 아내가 될 더 좋은 기회를 놓쳐 버렸을 테고, 대성이 입장에서도 사랑하는 여인을 잃은 불행을 겪었을 거예요. 어쩌면 기다림이 이들의 사랑을 이루는 데 필요한 가장 중요한 요소였을지도 몰라요.

붕이 저는 인내 같아요. 자객을 처치하고 나서 대성이 자신에게 해를 가했던 이진의 가족들에게 보복을 했다면 끔찍한 결과를 낳았겠죠. 사랑도 이룰 수 없을 뿐더러 대성 역시 곤란한 상황에 처했을 수도 있을 테니까요. 화를 참고 그 상황을 넘겨 결국 사랑을 이루는 행복한 결말로 갈 수 있지 않았을까요?

나정 오, 너 웬일이냐.

붕이 헤헤, 이 정도 쯤이야.

동구 저는 마지막에 왕 씨 부인과 아들들까지 불러와 극진히 대접한 게 인상적이었어요. 그걸 볼 때 사랑을 이루기 위해 필요한 것은 포용인 것 같아요. "원수를 사랑하라."는 말처럼요. 그 모습을 통해 채봉 역시 마음을 놓고 대성에게 헌신할 수 있지 않았을까요? 사람은 누구나 자신의 가족을 자신처럼 아껴주는 이에게 호감을 갖기 마련이니까요.

쌤 와, 여러분들 아주 훌륭합니다. 〈소대성전〉을 통해 쌤이 말하고 싶었던 것들을 다 이야기해 주네요. 보람을 느낍니다.

계피 알지요? 영어로는 시나몬이라고 해서 후추, 정향과 더불어 3대 향신료 중 하나인데요. 그 맛이 참 오묘해요. 어떨 때는 달고, 시원하기도 하지만 또 맵고 쓸쓸하기도 하지요. 대성도 아마 쓸쓸했을지 모릅니다. 이진의 가족들로부터 홀대당하고 위협받고 결국 방랑의 길에 들어서게 되었을 때는요. 그러나 세월이 지나 다시 그 집에 되돌아갈 때에는 기쁨과 만족으로 가득

차 있었을 겁니다. 자신이 원하는 대로 할 수 있었을 테니까요. 아마 연애도 이렇지 않을까요? 기쁨과 행복이 충만하지만 슬픔과 후회도 함께 있으니까요. 그것이 연애의 본질일지도 모릅니다. 또 연애의 묘미가 아닌가 싶고요.

다음 시간의 주제는 위기입니다. 진정한 사랑은 위기부터 시작하지 않을까 쌤은 생각합니다. 극복하느냐 굴복하느냐의 기로거든요. 재미있는 작품으로 다시 뵙지요. 마치겠습니다.

동구 감사합니다.

쌤의 한마디 ☆

연애는 달콤합니다. 그러나 동시에 씁쓸합니다. 우리는 달콤함만을 취하고자 하나 씁쓸함도 동시에 딸려오곤 합니다. 이는 동전의 양면과도 같습니다. 그렇기에 우리에게는 두 맛 모두 즐길 수 있는 자세가 필요합니다. 그것이 성숙한 사랑을 위한 준비라고 생각합니다. 씁쓸함 맛보기를 두려워하지 마세요. 여러분은 현명하게 맛볼 능력을 갖추고 있을 겁니다.

작품 돋보기

〈소대성전〉,
조선 사람들은 소설을 어떻게 구해서 읽었을까?

〈소대성전〉은 작자와 창작연대 미상의 국문소설입니다. 고난을 극복하고 영웅적 위업을 이루는 대성의 모습을 잘 그려낸 이 작품은 당대의 베스트셀러로 소설의 상업화에 중요한 역할을 하였지요.

　　조선시대 사람들은 문학 작품을 어떻게 구해서 읽었을까요? 요즘이야 근처의 도서관에 가서 빌려보거나 인터넷 등으로 책을 주문해서 보지만 조선시대에는 그럴 수가 없었지요. 조선 초인 15~16세기만 하더라도 전사轉寫 혹은 필사筆寫라고 해서 원래 글을 다른 데로 옮겨 적어서 보는 경우가 많았답니다. 그러나 이렇게 하는 데에는 시간도 많이 걸리고 또 많은 책을 옮겨 적을 수도 없었지요.

　　17세기로 오면서 새롭게 등장한 사람들이 있습니다. 전기수傳奇叟라고 하는 책을 전문적으로 읽어 주던 사람들인데요. 이들은 이곳저곳을 떠돌며 구연을 통해 문학 작품을 간접적으로 유통하는 역할을 담당했지요. 조선 후기 시인 조수삼의 『추재집』에 이들의 역할이 잘 묘사되어 있습니다.

　　사람이 많이 모이는 곳에 자리를 잡고 소설을 낭독했다. 특히 흥미로운

대목에 이르면 소리를 그치고 청중들이 돈을 던져주기를 기다렸다가 낭독을 계속했다

또 이때부터 판각(板刻, 나뭇조각에 새김)하여 찍어낸 방각본이 나옵니다. 이것들은 필사본과 달리 대량공급이 가능하여 소설의 대중화에 큰 기여를 하지요. 이러한 방각본은 19세기까지 소설의 상업적 유통을 담당합니다.

20세기에 들어서는 드디어 기계활자로 인쇄한 구활자본이 등장하지요. 이것들은 표지가 아이들 딱지처럼 울긋불긋하게 인쇄되어 있어서 다른 말로 딱지본이라고도 불렸는데요. 이전의 방각본보다 생산비를 절감할 수 있어 유통의 규모를 확장하는 데 유리했지요.

아 그리고 하나 더, 18세기 초에는 책을 빌려 주는 세책방도 있었는데요. 책을 빌리기 위해 비녀, 노리개 등 온갖 패물을 갖다 바치고 심지어는 재산을 탕진하는 사람도 있었다고 합니다. 예나 지금이나 재미있는 책을 읽고자 하는 사람들의 욕망은 그대로인 것 같습니다.

위기

제발 그냥

사랑하게

해주세요. 네?

너희가 사랑하게 가만둘 줄 알았지?

〈왕경룡전〉

동구 흐음.

쌤 동구 무슨 고민 있나요?

동구 음… 고민이 있긴 있는데요. 말씀 드려도 될지….

쌤 괜찮으니 얘기해 봐요.

동구 제가 이 수업을 듣고는 있지만 실은 사랑을 해 본 적이 없거든요. 여태까지 살면서 단 한 번도 말이에요. 짝사랑의 감정은 몇 번 느꼈던 적이 있긴 한데 거기서 더 나가 본 적이 없어요.

쌤 그렇군요.

동구 수업을 들으면서 곰곰이 생각해 봤거든요. 도대체 뭐가 문제일지…. 아무래도 용기가 부족한 게 아닐까 생각도 들고요.

쌤 그런가요? 좀 더 구체적으로 말해 볼래요?

동구 마음에 드는 상대에게 뭐라고 말을 시작해야 할지도 모르겠고, 제가 가진 게 부족한데 상대방이 저를 마음에 들어할 지도 모르겠어요.

쌤 흠 그렇군요. 쌤이 볼 때 일단 동구에게 필요한 것은 자존감을 회복하는 것 같네요.

동구 그런가요?

쌤 네. 본인에 대한 믿음과 자신감을 갖는 게 중요하답니다. 쌤이 지금까지 함께하며 쭉 지켜봤지만 동구는 참 괜찮은 사람입니다. 지식도 풍부하고 생각도 깊은 편이지요. 말이 많은 것보다는 어떤 말을 하느냐가 훨씬 중요하거든요. 그런 의미에서 동구는 신중하고 사려 깊은 편이라고 할 수 있어요. 동구는 동구 나름대로의 큰 강점을 가지고 있다고 봅니다.

동구 그렇게 봐 주셨다니 감사해요.

쌤 그래요. 동구 입장에서 누군가 마음에 든다면 먼저 다가가 보는 것이 필요할 것 같아요. 상대가 나를 어떻게 생각할지는 동구의 문제라기보다 그 상대방의 문제거든요. 동구가 거기에 너무 부담 가질 필요는 없습니다. 어쩌면 상대방도 똑같은 마음을 가지고 있을지도 모르니까요. 그러니 원하는 대로 말을 건네길 바랍니다. 사랑이라는 건 의외로 술술 진행되는 경우도 많거든요.

동구 네. 조언 고맙습니다.

쌤 그래요.

붕이 안녕하세요, 쌤.

쌤 어서 와요. 나정이도 같이 오네요.

나정 오다가 요 앞에서 만났어요. 너 가까이 붙지 좀 말아 줄래?

붕이 컹, 왜 또 난리야.

쌤 자, 모두 다 왔군요. 시작할까요? 오늘의 주제는 위기입니다. 사랑에는 거의 예외없이 위기가 닥쳐오기 마련이죠. 갈등이 점점 고조되며 둘 간의 관계는 삐걱댑니다. 이 둘을 둘러싼 환경 역시 그들을 평화롭게 놔두지 않지요. 사랑의 문을 활짝 열기까지는 이래저래 험난한 가시밭길을 걸어야만 합니다.

이번 시간에는 〈왕경룡전〉을 통해 위기에 대해 살펴볼 거예요. 이 소설에는 다양한 욕구를 지닌 인물들이 나옵니다. 우리 현실에서도 마찬가지이죠. 서로 다른 생각과 욕망을 지닌 사람들이 얽히고 설켜서 갈등과 위기를 만들어내니까요. 작품으로 들어가 보지요.

명나라 때 왕각로라는 인물이 있었습니다. 각로는 당시로 치면 재상이라는 높은 벼슬이었죠. 왕각로는 벼슬을 그만두고 고향으로 내려가면서 아들에게 일거리를 하나 줍니다. 동시東市에 사는 장사꾼에게 가서 자신이 빌려준 돈을 받아 오라는 것이지요. 왕각로의 아들이 바로 이 소설의 주인공인 왕경룡입니다. 당시 열여덟 살인 경룡은 아버지가 시킨 대로 상인에게서 거액의 돈을 받아 아버지가 있는 곳으로 향합니다. 아, 그러나 왠지 불안합니다. 젊음의 혈기와 왕성한 호기심, 거기에 수중에 있는 큰돈은 문제를 일으킬 수 있는 최상의 조합이죠.

붕이 헤헤헤.

쌤 경룡이 서주 땅을 지날 때였습니다. 그간 공부만 했던 경룡에게 번화한 도시의 모습은 신기하다 못해 황홀할 지경입니다. 주막에서 하루 머물던 그는 술집과 창루(娼樓, 기녀가 있는 집)가 과연 어떤 곳인지 궁금합니다. 사람이란 게 궁금하면 못 참는 건 예나 지금이나 만고불변의 진리인가 보지요? 경룡은 이곳저곳을 지나다가 표주박을 파는 한 노파에게서 기녀 한 명을 추천받습니다. 그녀의 이름은 옥단. 당시 열네 살에 빼어난 외모를 지닌 여인이었습니다. 그녀를 처음 본 순간 경룡은 어땠을까요. 잠깐 볼까요?

시선을 아래로 깔고 향내를 흘리며 사뿐사뿐 걸어오고 있는 그녀는 빛을 내뿜기라도 하는 듯 환해서 경룡은 눈을 제대로 뜰 수가 없었다.

나정 와.

쌤 옥단은 경룡을 보고 부끄러운 듯 머뭇거리다가 이내 바람처럼 사라집니다. 그러나 어쩌나요? 이미 경룡의 마음은 그녀에게 기울었고 솟아오르는 정을 주체할 수 없습니다. 공부만 하던 이가 책상에서 눈을 떼고 새로운 세상을 바라본 순간이지요. 아마 이 순간을 놓치면 영원히 후회할 거란 마음이 들었나 봅니다. 경룡은 노파를 통해 은자 삼천 냥을 그녀의 집에 전합니다. 뜬금없이 큰돈을 얻게 된 창모(娼母, 기생어미)는 이게 웬일인가 싶어 경룡을 집으로 초대하지요. 그곳에서 경룡은 옥단을 다시 만나게 됩니다. 아찔한 그녀의 모습에 다시 황홀해지는 순간입니다.

윤기 잘잘 흐르는 머리채에 꽃비녀를 꽂고 비취색 저고리를 입은 옥단이는 한 송이의 난초처럼 청초해 보였다. 그러나 또 어찌 보면 교태를 머금은 듯도 하여 경룡의 애간장은 금세 다 녹아내릴 것만 같았다.

쌤 옥단은 옷매무새를 단정히 하고 경룡에게 시 한 수를 읊습니다. 함께 감상해 볼까요?

강가에는 배화요 산에는 대나무라
차가운 꽃잎은 눈 속에서 더 향기롭고
성긴 가지는 서리 내린 뒤에 더 푸르니
그 격조가 어찌 여느 것들과 같으리오

꽃을 찾아든 나그네에게 말하오니

부디 화류계에 비기지는 마오

나정 특히 마지막 두 줄이 마음에 와닿아요. "꽃을 찾아든 나그네에
게 말하오니 부디 화류계에 비기지는 마오." 자신은 다른 기녀
들과 다르다는 거네요. 어쩌면 옥단은 하룻밤의 스쳐가는 만남
이 아니라 진정한 사랑을 원한 게 아닐까요?

쌤 그렇습니다. 경룡도 옥단의 시 속에 담긴 의미를 알아챘
지요. 이윽고 밤이 됩니다. 경룡은 옥단의 방으로 안내받
습니다. 이때의 심정은 어땠을까요? 머릿속이 새하얘지
는 순간입니다.

방문고리를 잡은 경룡은 떨리는 제 손끝을 내려다보았다. 눈앞이 환
해졌다가는 캄캄해지고 다시 환해지는 것이었다. 제 침 넘어가는 소
리를 들으며 그는 숨을 한 번 크게 몰아쉬고 문고리를 잡아당겼다.
순간, 배꽃잎들이 뽀얗게 앞으로 날아들었다. 화르르륵…. 그는 수
만 겹의 꽃잎들을 헤치며 나아갔다. 살내음인지 꽃내음인지 분간할
길이 없는 냄새에 갇힌 채 꿈길을 걷듯 부끄러움과 설렘 속에서 그
녀의 옷고름을 잡았다.

이렇게 그와 그녀는 정을 통하고 하나가 됩니다. 남녀가 하나

가 될 때는 두 사람 이외의 모든 것들이 흑백으로 처리되는 것 같아요. 세상에 다른 어떤 것도 시야에 들어오지 않고 오직 상대방 밖에 보이지 않는 것이지요. 아마 경룡과 옥단도 그랬나 봅니다. 이런 꿈같은 시간들이 물 흐르듯 지나버립니다. 꽤 오랫동안 말이지요.

붕이 얼마나 오랫동안이요?

쌤 오 년이요.

붕이 헐.

쌤 자, 경룡의 수중에 있던 수만 냥도 바닥을 드러냈습니다. 기생어미 입장에서는 돈 없는 손님이 곱게 보일 리가 없지요. 이젠 쫓아내야 할 시간이라는 생각이 들었나 봅니다. 그래서 계책을 세우죠. 서관에 일이 생겨 기생어미, 옥단, 경룡이 함께 가는 도중에 집 자물쇠 채우는 걸 깜빡했다며 경룡을 되돌려 보냅니다. 그리곤 기생어미는 옥단을 끌고 줄행랑을 쳐 버리지요. 경룡이 집에 도착했을 때는 이미 이사를 해 버려 집 안은 텅텅 비어 있을 뿐입니다. 속은 걸 깨달았지만 경룡은 이제 길 잃은 어린 새에 불과합니다.

나정 기생어미가 정말 나쁜사람이네요. 돈이 없다고 사람을 버리다니요.

쌤 그렇죠? 방황하던 경룡은 운 나쁘게도 도적떼를 만납니다. 살려달라고, 집에 병든 노모가 있다고 애원을 하여 겨우 목숨만

은 건지게 되죠. 꽁꽁 묶인 채 길 옆에 버려졌다가 그 마을 노인
에게 구출되고, 밥을 굶지 않기 위해 광대 극단에 들어가 맹인
배우의 종 역할을 하게 됩니다.

동구 허, 참으로 기구한 운명이네요.

쌤 인생이란 게 잘 풀릴 때는 순조롭게 나가다가 또 어느 순간에는 단 한 번에 나락으로 떨어지기도 하나 봅니다. 그렇게 지내다가 경룡은 우연히 옥단을 소개해 준 노파를 만나지요. 노파는 눈이 휘둥그렇게 됩니다. 경룡이 도적을 만나 이미 죽은 줄로만 알았던 거지요. 노파는 옥단이 경룡을 잊지 못하고 그리워한다는 말을 전해 줍니다. 이 말을 듣고 경룡은 눈물을 흘리며 노파에게 마지막 부탁을 합니다. 자신의 편지를 옥단에게 꼭 전해 달라고요. 젊은 시절을 함께 보낸 그 여인을 경룡 역시 잊을 수 없었나 봅니다. 편지를 잠시 볼까요?

노림에서 구사일생으로 살아남아 양주에까지 이르렀소. 내 신세를 한탄하면서 목숨을 부지해 오는 동안 나는 그대의 박정함을 많이 원망하였소. 그대와는 영영 이별이라 생각했는데 뜻밖에도 여기서 아는 사람을 만나 그대가 북루에만 머물며 절개를 지킨다는 말을 듣고는 가슴이 미어지는 것 같았소. 그대가 그립소. 서로 천리 밖에 떨어져 있는 우리는 어느 날 다시 만날 수나 있을런지. 눈물이 종이를 적시고 있소. 이 편지를 가지고 갈 이가 급하다 하니 더 길게 쓸 수 없고 마음마저 조급한지라 떨리는 손으로 이 편지를 봉하오. 내 속에 가득 찬 그리움과 슬픔을 어찌 다 말로 할 수가 있으리.
아무 달, 아무 날, 경룡 배.

나정 옥단이 편지를 받고는 얼마나 눈물을 흘렸을까요….

쌤 그랬겠지요. 그러나 옥단은 감성적이지만은 않았습니다. 현명한 여자였지요. 옥단은 계획을 마련합니다. 기생어미에게서 벗어나 진정한 사랑을 이룰 수 있는 방법을요.

자, 볼까요? 경룡은 옥단이 시킨 대로 비단옷을 화려하게 갖춰 입고 빈 상자에 재물이 가득 든 것처럼 위장하여 옥단의 집을 찾아갑니다. 기생 어미는 부귀를 되찾은 경룡을 보고 놀라지요. 돈 앞에서는 도덕도 자존심도 없는 기생어미입니다. 그녀는 자신의 지난 잘못을 사죄하며 경룡을 극진히 대접하지요. 그날 밤 옥단과 경룡은 기생어미의 금은보화를 훔쳐 달아납니다. 그리고 마을 사람들에게 기생어미의 악행을 낱낱이 알리며 관가에 고발할 것이라 말하지요. 기생어미는 너무나 분했지만 관가에 정식으로 고발당한다면 자신이 무사할 수 없는 사실을 알고 있었습니다. 그녀는 더 이상 옥단과 경룡에게 해를 가하지 않겠다고 약속을 하지요.

붕이 하하, 크게 한 방 먹였네요.

쌤 통쾌한 복수였지요. 이대로 끝난다면 얼마나 좋았겠습니까. 그러나 그렇지 않습니다. 사랑에는 늘 위기가 있지요. 그리고 이 위기라는 건 매번 같은 모양으로 다가오진 않습니다. 예측할 수 없는 복잡한 일들이 자꾸 벌어지기에 어쩌면 위기는 더욱 흥미롭지요.

마을에 조씨 성을 가진 상인이 있었습니다. 그는 전부터 옥단이 맘에 들어 기생어미에게 돈을 주고 옥단을 첩으로 삼으려 했었지요. 사실 돈은 이미 지불했답니다. 그런 조 씨 입장에서는 지금 벌어지는 일들이 황당하고 어이가 없겠지요. 그는 기생어미와 짜고 옥단을 납치해 버립니다.

동구 이런, 뭔가 쉽게 풀리지 않을 것 같네요.

쌤 일은 계속 벌어집니다. 조 씨의 집에 갇혀 지내던 옥단은 우연히 조 씨의 처가 이웃집 무당과 밀회를 즐기는 현장을 목격하지요. 한편 그 모습을 들킨 조 씨의 처 입장에서는 난처하게 되었습니다. 옥단이 조 씨에게 이 사실을 말해 버린다면 자신의 앞날은 불 보듯 뻔하니까요. 그녀는 남편과 옥단을 독살하기로 합니다. 죽에다 독을 넣어 권했지만 조 씨 혼자 먹고 피를 토하며 죽어 버렸지요.

나정 와, 완전 막장 드라마 같네요.

쌤 자, 계속 갑니다. 사람이 죽었으니 관청이 개입하지요. 유력한 살인 용의자로 옥단과 조 씨의 처는 투옥됩니다. 그렇게 시간은 흘러갑니다.

한편 옥단이 납치된 사실을 모르고 그녀의 행방을 찾던 경룡은 어쩔 수 없이 고향으로 돌아갑니다. 당연하겠지만 아버지한테 곤장까지 맞으며 크게 혼나지요. 그리고는 정신을 차려 다시 학업에 몰두해 과거 시험에 장원 급제합니다.

붕이 맨날 과거 시험 장원 급제래.

동구 크크크.

쌤 소설은 그 시대의 모습과 사람들의 의식을 반영합니다. 당시 출세의 기본은 과거 시험을 통한 입신양명이었답니다. 이는 신분상승의 유일무이한 통로이기도 했지요. 지금 우리가 살고 있는 이 시대에도 계속되는 공부와 대학 입시에 대한 뜨거운 열기 역시 이와 무관하지는 않아 보입니다.

경룡은 임금으로부터 한림 벼슬을 받고 암행어사로 임명되어 서주로 파견됩니다. 물론 그 살인사건을 처리하기 위해서이죠. 과연 어떤 식으로 경룡은 범인을 밝혀낼까요? 여러분이라면 어떻게 할지 말해 볼래요?

붕이 고문! 고문을 해요!

나정 아휴 무식하게 고문이 뭐니. 하나씩 불러다가 취조를 하면 되지요.

동구 독살을 당했으니 독을 누가 샀는지 조사해 보면 나오지 않을까요?

쌤 하하, 다양하군요. 경룡은 꾀를 냅니다. 볼까요? 먼저 조 씨 부인과 집안 하인들을 불러다 무릎을 꿇게 합니다. 마당 한 켠에는 볕이 들었을 때 말리기 위한 행장 꾸러미도 있고요. 그리곤 잠시 볼일이 있다며 자리를 비우지요. 한동안 아무도 나타나지 않자 이들은 이야기를 하기 시작합니다. 하인들은 두려움에 조 씨 부인과 무당의 불륜 관계를 밝히겠다고 하지요. 그러자 조

씨 부인은 돈을 줄 테니 그 말만은 하지 말아 달라고 합니다.

이윽고 경룡이 나타났습니다. 그런데 어찌된 일이죠? 행장 꾸러미 안에서도 주섬주섬 사람들이 나옵니다. 이들의 이야기를 엿들은 증인들이죠.

사건의 진상이 밝혀졌군요. 조 씨의 부인과 무당은 처형되고 옥단은 풀려납니다. 우여곡절 끝에 모든 위기가 해소되었고 이제는 그녀를 보내지 않아도 되지요. 경룡은 옥단을 둘째 부인으로 맞이합니다. 그들은 아들 셋을 두고 여생을 행복하게 보내지요.

붕이 이야, 참으로 힘들었네요. 기생어미에 산적에 조 씨에 그 부인까지 별별 인물들이 엮여서 복잡하게 만드네요.

쌤 그래요. 우리가 이 소설을 통해 생각해 볼 점이 있어요. 사람이란 다양한 욕망을 지닌 존재입니다. 그렇기에 늘 조화로울 수만은 없죠. 사랑 속 위기라는 건 어쩌면 이러한 욕망이 충돌하기 때문인지도 모릅니다. 작품에서도 돈을 추구하는 기생어미, 소유를 원하는 조씨, 그리고 정욕을 탐하는 조 씨 부인 이들 모두가 경룡와 옥단의 사랑에 큰 위기를 가져다주었죠.

현실에서도 다른 사람들, 즉 제삼자가 위기의 요인으로 작용하곤 합니다. 사랑의 당사자가 삶의 무대에서 주연이 되어야 하는데 자꾸 조연들이 방해를 하는 셈이지요. 이럴 때 힘들다고 그만두거나 주연의 역할을 다른 이에게 넘겨 버린다면 연극은 그걸로 끝나게 될 것입니다.

나정 맞아요. 다른 이에게 흔들리지 않고 꿋꿋이 나아가는 게 중요
한 것 같아요.

쌤 나정이가 잘 말했어요. 이러한 위기는 깊은 믿음과 신뢰가 있을
때 극복할 수 있다고 생각합니다. 경룡과 옥단이 행복한 결말
을 맞이할 수 있었던 것도 아마 그것 때문이 아니었을까요. 오
늘은 〈왕경룡전〉을 함께 보았습니다. 다음 시간에 다른 작품
으로 다시 뵙죠. 마치겠습니다.

붕이 수고하셨습니다.

쌤의 한마디 ⭐

바다는 배에게 항상 우호적이지 않습니다. 때때로 시커먼 폭풍우가 몰
아치고, 보이지 않는 암초들도 도처에 웅크리고 있습니다. 사랑의 항로
또한 마찬가지입니다. 때로는 사소한, 때로는 심각한 위기들이 연이어
다가오지요. 뛰어난 조함술만 있다고 이런 위기들을 모두 극복할 수는
없을 것입니다. 가장 필요한 것은 시련과 역경에도 쉽게 넘어가거나 부
서지지 않는 단단한 배 그 자체가 아닐까요?

작품 돋보기

〈왕경룡전〉,
사랑이냐 돈이냐 그것이 문제로다

이 작품은 작자·연대 미상으로 한문소설집인 『삼방요로기』에 실려 있습니다. 부잣집 아들 경룡이 기녀 옥단에게 빠져서 가지고 있던 재물을 모두 탕진하고 이어 기생어미로부터 냉대를 받아 쫓겨났다가 다시 옥단의 도움을 받게 됩니다. 여기에 조 상인과 그의 아내가 등장하면서 이야기를 한층 다채롭게 만들고 있지요. 무엇보다 기녀 옥단과의 사랑 속에서 좌절을 경험하고 이를 극복하는 경룡의 모습이 흥미롭게 그려져 있습니다.

이 작품에서 우리가 눈여겨볼 것은 바로 '돈'입니다. 기생 옥단과 창모의 대화를 통해 돈에 대한 이들의 가치관을 엿볼 수 있지요.

"왕 공자의 재산은 이미 다하였기에 더 이로울 것이 없단다. 네가 만약 잠시 피해 있으면 왕 공자는 반드시 떠날 게다. 왜 너는 가난한 사내만을 지키면서 빈 것을 지고는 높은 가치를 두려하니?"

창모에게 중요한 것은 돈입니다. 돈이 있을 때는 대접하지만 없을 때는 쓸모없는 것으로 치부해 버리는, 철저히 자본주의적인 인간입니다. 그래서 5년을 함께한 남자를 가차없이 버릴 것을 종용하지요. 그리고 꾀를 내어 경룡을 쫓아냅니다. 반면 기생 옥단은 뭐라고 할까요?

"왕 공자는 저 때문에 겨우 몇 해를 살면서 이미 만금을 바쳤어요. 재물이 바닥나자 버리고 배반하는 것은 인정상 차마 할 수 없는 일이지요. 어찌 감히 그렇게 할 수 있겠습니까?

해어화解語花라는 말이 있습니다. 한자를 풀이하면 '말을 알아듣는 꽃'으로 기생을 의미하지요. 당시의 기생은 돈으로 살 수 있는 말하는 꽃과 같은 존재였습니다. 그러나 옥단은 달랐습니다. 처음 경룡을 만났을 때도 "꽃을 찾아든 나그네에게 말하오니 부디 화류계에 비기지는 마오."라고 당당하게 말할 줄 아는 여인이었지요. 그리고 경룡의 돈이 모두 떨어졌을 때에도 그녀는 경룡을 배반하는 것은 인정상 할 수 없는 일이라고 합니다. 그녀는 돈보다 사랑과 신의를 더 아는 여인이었지요. 어쩌면 이 말은 자본주의 시대를 사는 우리에게 단춘이 꼭 전하고 싶은 말이 아니었을까요?

미안하오
사랑은 움직이는 것이라오

〈주생전〉

***

나정 야, 너 전에 네 여친 수업에 데려온다고 하지 않았냐?

붕이 응? 아…그거. 그땐 그랬지.

나정 근데 아직도 아무 소식이 없네?

붕이 바빠서 못 온대.

나정 혹시 여친 없는 거 아냐? 있는 것처럼 말만 해 놓고.

붕이 허, 얘가 날 의심하려 드네.

나정 아니, 너 같은 애가 여친이 있다는 게 신기해서 어떤 인물인지
한 번 보려고. 나도 궁금해졌거든.

붕이 큿, 너보다 훨씬 나으니까 걱정 안하셔도 됩니다요. 근데 네가
그걸 기억하고 있는 게 오히려 신기한데? 너 혹시 나한테 관심

있냐?

나정 얘가 뭘 잘못 먹었나. 갑자기 이상한 소리를 하네.

쌤 자자, 다들 왔군요. 반갑습니다, 여러분. 어느새 무더위의 기세도 한풀 꺾이고 아침엔 제법 선선한 공기가 우리를 맞이하네요. 문학과 사랑을 논하기 참 좋은 시절인 것 같습니다.

오늘 여러분과 함께 볼 작품은 〈주생전〉입니다. 저번 시간에 배웠던 〈왕경룡전〉에서 사랑의 위기가 외부로부터 찾아왔다면 이 〈주생전〉에서는 위기가 안에서부터 피어나지요. 쌤 생각에 이 작품은 요즘 드라마들보다 더 재미있다고 봅니다.

나정 여태까지 쌤이 가르쳐 준 작품들은 다 재미있던 것 같아요.

붕이 맞아요, 맞아, 헤헤.

쌤 그렇게 말해 주니 고맙군요. 자, 바로 들어가지요. 작품의 주인공은 주생이란 청년입니다. 어려서부터 총명하고 재주가 있었지요. 나이 열여덟에 태학에 들어가 공부를 하며 과거에 응시합니다. 그러나 시험운이 없던 걸까요? 번번이 과거 시험에 낙방합니다.

나정 제 친구도 그래요. 공부는 정말 열심히 하는데 꼭 시험만 보면 제 실력을 발휘하지 못하더라고요.

쌤 그래요. 어떤 일이 자꾸 반복되다 보면 사람의 가치관도 거기에 따라서 바뀌게 되나 봅니다. 수년 동안 과거에 급제하지 못하자 주생은 곰곰이 생각해 봅니다. '이 세상의 인생이란 마치

티끌이 연약한 풀잎에 깃들어 있는 것과도 같은데, 어찌 공명에 급급해서 내 아까운 청춘을 보내겠는가.'라고 말이죠. 결국 그는 과거 공부를 단념하고 장사를 하기로 합니다.

그는 배를 한 척 사서 이곳저곳을 옮겨 다니며 물건을 사고팝니다. 비록 힘은 들지만 갑갑한 태학에서 벗어나 하늘 위 구름과 같은 자유로운 삶을 만끽하지요. 그는 이렇게 하길 잘 했다고 생각했을지도 모릅니다.

하루는 배 위에서 친구와 밤늦게까지 술을 마시다 잠이 들어 버렸습니다. 깨어나 보니 배는 어릴 적에 살던 고향에 와 있네요. 어차피 여기까지 온 김에 주생은 옛 친구들을 찾아보기로 합니다. 그러다가 어딘가 눈에 익은 한 여성을 보게 되지요. 어라, 알고 보니 어릴 적 같이 공부했던 소꿉친구였네요. 이름은 배도. 어느새 그녀는 곱디고운 자태에 은은한 미소를 지닌 성숙한 여인으로 자라 있었습니다. 그들은 오랜만에 만나 반가움을 느낍니다. 곧 배도는 주생을 자신의 집으로 초대하죠. 그리고는 이렇게 묻습니다. 잠시 볼까요?

"낭군의 재주가 이다지도 훌륭하니 모든 사람에게 굽힐 데가 없구려. 어찌하여 부평초처럼 정처없이 떠돌아 다니시옵니까? 그래 장가는 드시었나요?"

"아직도 장가를 못 갔소."

그러자 배도가 웃으며 말했다.

"제 소원이옵니다. 낭군님은 이제 배로 돌아가지 마시고 저희 집에
머물러 계시와요. 그러면 낭군님을 위해 좋은 배필을 마련해 드리겠
사옵니다."

붕이 집에 초대해서 저렇게까지 말하는 걸 보면 배도가 주생에게 마
음이 있었나 보네요.

쌤 그래요. 주생 역시 배도를 처음 본 순간부터 한시도 잊을 수 없
었습니다. 날이 저물자 배도는 주생을 별실로 안내하고 그곳
에서 편히 쉬도록 하지요. 밤은 깊어가고 달빛은 뜰에 가득합
니다. 꽃 그림자는 바람에 흔들리고 풀벌레 소리만 간간히 들
리네요. 주생은 배도의 방으로 몰래 다가갑니다. 안을 슬쩍 엿
보니 배도가 다소곳이 앉아 시를 짓고 있네요. 그 모습을 보며
어찌할까 마음이 흔들립니다. 역사는 행동하는 자가 만든다고
하지요. 주생은 조용히 창문을 열고 그녀에게 말을 건넵니다.
한번 볼까요?

"주인 아가씨의 시를 이 나그네가 채워드려도 좋겠소?"
그 말에 배도는 짐짓 화난 듯이 대꾸했다.
"미친 손客이 어찌하여 여기까지 오셨나요?"
"내가 미친 것이 아니오. 주인 아가씨가 이 나그네를 미치게 할 따름

이오."

대답을 듣고 배도는 빙그레 미소를 지었다. 그녀는 주생으로 하여
금 시를 완성케 했다.

나정 어머, 능글능글하게 말도 잘하네요. 여인이 자신을 미치게 한
다니요. 어쩜.

붕이 너 왠지 배도를 부러워하는 말투다, 헤헤.

나정 야! 뭐라고!

쌤 자, 계속 갑니다. 배도는 주생을 방으로 들인 뒤 술을 권하며 솔
직한 심정을 털어 놓습니다. 자신의 선조는 대대로 높은 벼슬을
지냈지만 조부가 죄를 지어 집안이 몰락했다는 사실을요. 그리
고 부모를 여의고 자신은 기생 명부에 오른 몸이라는 것까지요.
다만 자신은 훌륭한 낭군을 모시고 건즐(巾櫛, 수건과 빗. 아내나
첩이 되는 것을 의미한다) 받들기를 원하며 자신을 기생 명부에서
빼준다면 평생 그 은혜를 잊지 않겠다고 말이지요.

동구 얘기를 들으니 너무 불쌍하네요.

쌤 측은지심이 느껴지지요. 주생 역시 같은 마음이었을 겁니다.
그는 소맷자락으로 그녀의 눈물을 닦으며 위로해 줍니다. 그리
고 명주 한 자락에다 그녀의 말대로 하겠다고 약속의 글을 써
주지요. 배도는 모든 것을 얻은 듯한 기쁨을 느낍니다. 곧바로
그의 품에 안기지요.

나정 다행이네요. 둘의 진실한 사랑이 이루어졌으니.

쌤 글쎄요. 과연 그럴까요? 어느 날 배도는 노 승상 댁에 불려가게 됩니다. 노 승상은 죽고 자식들과 함께 지내는 승상 부인이 가무에 능한 배도를 초대한 것인데요. 그런데 노 승상 댁에 간 배도가 밤늦도록 연락이 없네요. 주생 입장에서는 계속 의구심이 듭니다. '혹시 이 여자가 나 몰래 다른 남자 만나러 간 거 아냐?' 하고 말이지요.

마음이 불안해지며 더 이상 기다리고 있을 수만은 없습니다. 직접 찾아가 보기로 하지요. 승상의 집에 이르러 몸을 숙이고 살금살금 안쪽으로 향합니다. 집 안쪽에 촛불 그림자가 흔들리고 있네요. 천천히 다가가 몰래 엿봅니다. 승상 부인이 보이네요. 나이는 쉰 살 정도에 단아하고 기품 있는 모습입니다. 그 옆으로는 배도가 미소를 지으며 앉아 있습니다. 휴, 다행입니다. 괜한 의심을 했었군요. 어라, 승상 부인의 반대쪽에도 한 여인이 앉아 있습니다. 그녀가 주생의 시야에 들어왔군요. 그녀의 모습은 어땠을까요?

열네다섯 살쯤 되어 보이는 소녀였다. 머리채는 곱게 뒤로 땋아 내렸고, 얼굴을 어여쁘기 그지없었다. 소녀의 맑은 눈이 살짝 옆을 흘기는 모습은 흐르는 맑은 물결 위에 가을빛이 비치는 것 같았다. 옷을 때면 애교가 넘쳤고, 그 입모양은 정녕 봄꽃이 아침 이슬을 흠뻑 머금은 듯했다.

붕이 글로만 읽어도 아찔해지네요.

쌤 그녀를 본 순간 주생의 넋은 구름 밖에 나앉고, 마음은 허공을 맴돕니다. 첫눈에 반한다는 것은 아마 이럴 때 쓰는 말이겠지요. 배도가 집으로 돌아왔고 주생은 그녀를 통해 아까 보았던 여인에 대해 들을 수 있었습니다. 여인의 이름은 선화. 노 승상의 딸로 나이는 열다섯이고 시와 금현(琴絃, 거문고)에 능합니다. 아, 차라리 여인을 보지 못했으면 아무 일도 없었을 것을 이미 마음은 넘어간 상태입니다. 주생은 선화를 본 후로 배도에 대한 정이 엷어졌습니다. 억지로 웃음도 짓고 즐거운 체했으나 마음속에는 오직 선화 생각뿐이었지요.

나정 근데 나빴다 정말. 결혼하기로 명주에다 글까지 써 놓고 다른 여자한테 빠져 버리다니.

붕이 그래도 이해는 가. 사람의 마음이란 게 고정되어 있는 건 아니잖아.

나정 야, 그래도 이건 아니지. 배도 입장에서는 얼마나 속상하겠어?

쌤 계속 볼게요. 주생이 실천력 하나는 대단합니다. 원하는 것이 있으면 어떻게든 이루고자 움직이지요. 마침 승상 부인이 아들 국영의 글공부를 시키고자 합니다. 그러려면 선생님을 구해야 하는데 주생이 태학 출신이거든요. 얘기가 잘 풀려서 주생은 국영에게 글을 가르치기로 합니다. 게다가 공부방도 노 승상의 집으로 결정되지요. 떨어져 있기를 꺼려하는 배도에게 주생은 승상 댁에 있는 삼만 권의 장서를 보고 싶은 책 욕심 때문에 그랬다고 둘러댑니다.

동구 설마.

쌤 네. 사실 주생은 국영을 가르치는 데는 별로 관심이 없었습니다. 그의 관심사는 온통 다른 데에 있었죠. 다만 승상의 집에 온 지 벌써 열흘째인데 아직도 목적을 이루지는 못했습니다. 그가 뭐라고 하는지 혼잣말을 살짝 들어 볼까요?

"내가 이곳에 온 것은 선화를 도모하기 위한 것이었는데, 이 봄이 다 가도록 만나지 못했구나. 황하의 물 맑기를 기다린다면 몇 해나 기다려야 할지. 차라리 어두운 밤에 선화 방으로 뛰어드는 게 낫겠다. 일이 성공하면 귀한 몸이 될 것이요, 실패로 돌아가면 죽음을 당한다 해도 좋다."

밤이 깊어지자 주생은 담벼락을 넘어 선화의 방 앞에 이르렀습니다. 촛불 앞에 앉은 선화의 그림자가 보이고 시를 읊조리는 소리가 들리네요. 주생은 창가에서 자신의 마음을 담은 시로 화답합니다. 잠시 잠잠해지더니 방 안에 불이 꺼집니다. 주생은 방 안으로 살며시 들어가 선화와 함께하지요. 벌이 꽃을 찾아 붕붕대듯, 나비가 꽃가루에 매혹되어 펄럭이듯 말이지요.

나정 세상에. 그런데 배도는 이 사실을 전혀 알지 못하겠네요.

쌤 그건 좀 더 지켜봐야 할 것 같습니다. 자, 주생과 선화는 이렇게 매일 밤을 보냅니다. 그러던 어느 날 어두운 표정으로 선화는 주생에게 말하지요. "여자의 몸은 근심과 함께 나서 만나지 못했을 때는 서로 만나기를 원하고, 만나면 서로 헤어질 것을 두려워한답니다. 지금 한때는 즐겁다 하더라도 그것이 오래가지 못할 테니 어찌하겠나요?"라고 말이지요.

붕이 음, 평생을 함께하고 싶다는 말 같네요.

쌤 그렇습니다. 그런 그녀의 말에 우리의 주생은 어떻게 대답했을까요.

"대장부가 어찌 아녀자 하나를 얻을 수 없겠는가. 내 나중에 중매의 절차를 밟아 예법대로 그대를 맞이할 것이니 너무 걱정을 마오."

이 말을 들은 선화의 표정은 환해집니다. 안심도 되고요. 선화는 거울을 두 쪽으로 깨뜨려 한 쪽을 주생에게 줍니다. 자신과 영원히 함께하자는 일종의 신표이지요. 이후로도 그들은 밤마다 만나 새벽에 헤어집니다. 하룻밤도 거르는 법이 없이요.

나정 허, 놀랍네요.

쌤 그러던 어느 날 주생은 배도가 떠오릅니다. 오랫동안 그녀와 떨어져 있었지요. 그녀가 이상하게 여길까 괜히 걱정도 되고 해서 그녀의 집으로 가 봅니다. 그 사실을 모르는 선화는 주생을 기다립니다. 밤늦게까지 주생에게서 아무런 연락이 없자 직접 주생의 집까지 찾아간 그녀는 예전에 배도가 주생을 위해 지었던 시를 보게 됩니다. '이건 대체 뭐야. 나 말고 다른 여자가 있는 거야?' 선화는 화가 치밀고 질투심이 솟아났지요. 그래서 붓으로 시를 지워 버리고 다른 시를 써 놓았습니다. "이 외로운 밤 방탕한 임은 소식조차 없으니, 어디서 노니느라 나마저 잊었는가. / 아서라 생각말자 잊으려 해도 멀리 있는 정에 시간을 헤며 앉아 기다리네."라고 말이지요.

그리고 다음 날 술에 잔뜩 취한 주생을 부축해 온 배도는 우연히 그 시를 보게 됩니다. 글씨를 보니 딱 알겠네요. 선화가 쓴 것입니다. 배도는 몸이 부르르 떨리며 현기증이 날 것 같습니다. 그녀는 꼼짝도 않고 아침까지 기다립니다. 주생이 술에서 깨어날 때까지 말이지요.

동구 뜨아.

붕이 후덜덜덜.

쌤 이윽고 주생이 일어났습니다. 배도는 고개를 숙이고 묵묵히 방바닥만 바라보고 있습니다. 주생이 뭐하냐고 묻지요. 그러자 그녀는 시가 쓰여 있는 종이를 주생의 면전에 던지며 외칩니다. 당신이 그러고도 군자냐? 지금 곧장 가서 승상 부인에게 사실을 다 말할 거다, 하면서요. 주생 입장에서는 발등에 불이 붙었습니다. 과외 선생이 학생의 누나와 밤마다 몰래 정을 통한 셈이니까요. 게다가 승상 부인은 주생과 배도가 이미 인연을 맺은 걸 알고 있었거든요.

나정 헐.

쌤 주생에게는 어찌할 방법이 없었습니다. 싹싹 빌고 배도의 집으로 향합니다. 승상 부인에게는 국영을 더 이상 가르치지 못하겠다고 사람을 통해 전하지요. 그렇게 그들의 상처는 깊어집니다. 그런데 사실 상처 입은 사람은 둘 외에도 더 있었습니다. 바로 선화이지요. 그녀 역시 만날 수 없는 주생을 잊지 못해 나날이 야위어 가다 끝내 병들어 눕습니다.

스무 날이 지나 돌연 국영이 죽습니다. 장례식 장에서 주생은 얼핏 선화의 모습을 볼 수 있었어요. 새하얀 상복 차림의 메마른 그녀의 모습을 본 주생은 씁쓸한 마음만 들 뿐입니다. 그러나 여러분, 어쩌면 가장 큰 마음의 상처를 입은 이는 배도일지 모릅니다. 주생이 비록 옆에 있건만 그는 아직도 선화를 잊지 못하고 있죠. 몸은 곁에 있지만 마음은 이미 식어 버린 상태입니다. 연인에게 사랑받지 못하는 슬픔, 그것만큼 큰 게 있을까요?

얼마 지나지 않아 배도도 병들어 눕습니다. 숨을 거두기 전 그녀는 주생의 무릎을 베고 눈물을 머금은 채 말합니다.

… 마지막으로 원하옵는 바는, 제가 죽은 후에 낭군님은 선화를 취하여 배필로 삼으시옵소서. 그리고 내 죽은 뒤 시신은 낭군님이 왕래하시는 길가에 묻어 주신다면 편안히 눈을 감겠습니다 …

나정 어떡해. 배도가 너무 불쌍해.

쌤 주생은 정성껏 그녀를 묻어 줍니다. 그리고는 한동안 정처 없이 방황하지요. 어디를 가야 할지 무엇을 해야 할지 아무것도 알 수 없습니다. 다행히 외가 친척인 장 씨 노인의 집에서 그를 반갑게 맞아 줍니다. 그곳 친척에게 의지하여 주생은 세월을 보냅니다. 그러나 선화를 그리워하는 정은 갈수록 더해만 가지요. 어느 날 주생의 근심어린 표정을 이상하게 여긴 장 씨 노인이 그 까닭을 묻습니다. 주생은 솔직하게 대답을 했지요. 인연의 끈은 아직 끊어지지 않았던 걸까요? 마침 장 씨 노인의 부인과 승상 댁이 친분이 있다네요. 장 씨는 주생을 도와주겠다고 합니다. 그리고는 사람을 보내 선화와의 혼사를 타진하지요.
마침 승상 부인 역시 병들고 야위어 가는 선화를 보며 큰 걱정에 빠져 있었습니다. 그녀는 알고 있었죠. 자신의 딸이 왜 죽어가고 있는지를 말이에요. 그 때 주생이 자신의 딸과의 혼사를 제의해 오자 그녀는 딸에게 사실을 알리고 혼사를 흔쾌히 받아들입니다. 둘은 곧 혼인을 하기로 결정이 되었죠.

붕이 음, 결국 이 둘이 이어지는군요. 불쌍한 배도… 쿵.

쌤 주생은 혼인날이 다가오기를 하루하루 기다립니다. 선화 역시 자리에서 일어나 몸을 추스르며 결혼을 준비하지요. 이 둘은 함께할 미래를 꿈꾸고 있습니다. 그러나 운명의 장난일까요? 저 멀리서 전쟁이 터지고 주생은 징집되어 갑니다. 선화에게 알리지도 못한 채 말이지요. 그는 전쟁터에서 밤낮 선화만을 생각하다 병이 중해졌고 '나'는 우연히 만난 주생에게 이러한 사정을 듣게 됩니다. 이 소설은 결국 주생에 대한 '나'의 기록을 바탕으로 한 것이지요. 소설은 여기까지입니다.

나정 어쩜, 그러면 주생이 다시 되돌아갔는지도 알지 못하겠네요? 전쟁터에서 죽었을 수도 있고요. 선화는 어떻게 되었을까… 막막하네요.

붕이 아까 배도를 버린 주생 욕할 때는 언제고… 왜 또 그래.

동구 너무 비극적이네요. 신분상승을 꿈꾸며 온몸을 바쳤지만 결국 버림받은 배도, 배도와의 맹세를 저버리고 선화를 원했지만 결국 이루지 못한 주생, 진정한 사랑을 원했지만 두 번의 이별로 기약 없는 미래를 바라보는 선화 이들 모두가요.

쌤 그래요. 사랑에서 가장 큰 위기는 어쩌면 부평초처럼 흔들리는 나의 욕망이 아닐까 합니다. 그 어떤 외부요인보다도 말이지요. 또 책임이 뒤따르지 않는 사랑을 진정한 사랑이라 부를 수 있을지도 의문이 듭니다. 그것은 어쩌면 사랑의 탈을 쓴 욕망이 아닐런지요. 욕망이라는 위기에 좌초된 한 남자와 두 여자.

이들의 격정적인 삶을 지켜보면서 씁쓸한 마음이 드는 건 왜일까요. 이것으로 마치겠습니다. 다음 시간에 다시 뵙지요.

나정 감사합니다.

쌤의 한마디

"사랑은 움직이는 거야."라는 광고 문구가 떠오릅니다. 사랑의 속성을 제대로 나타낸 명언이죠. 움직이지 않는 사랑은 없습니다. 그렇기에 사랑에는 늘상 위기가 따르는 것이지요. 게다가 사랑은 상대방에 대한 감정이기에 언제 어디서나 바뀔 수 있습니다. 희로애락이 왔다 갔다 하면서 우리의 마음을 지배하듯 말이지요. 어떤 감정을 선택하느냐는 결국 자신의 몫인 것 같습니다.

〈주생전〉,
이야기 속에 이야기를 담다

〈주생전〉은 조선 중기의 문인 권필이 지은 한문소설입니다. 창작시기는 1593년(선조 26년)입니다. 왜적이 한양에서 경상도로 철수한 것이 1593년 4월이니 전란의 와중에서 쓰여진 소설임을 알 수 있지요.

이 작품은 중국 명나라를 배경으로 주생과 두 여인의 비극적인 사랑을 그리고 있습니다. 주인공은 누차 과거 시험에 실패한 후, 강호를 유람하며 장사를 하다가 기생 배도를 만나 백년가약을 맺지요. 또 배도가 드나드는 노 승상의 집에 갔다가 우연히 선화를 만나게 되어 사랑에 빠지게 됩니다. 그러나 그 사실이 배도에게 발각되어 선화와 헤어지고 얼마 후 배도는 세상을 떠납니다. 친척 노인의 중매로 선화와 약혼하였으나 조선에서 임진왜란이 일어나 종군하게 되어 인연을 맺지 못하게 된다는 내용입니다.

〈주생전〉은 독특하게도 전기傳記형식으로 되어 있습니다. 전기란 '말을 그대로 옮겨 적는다.'는 의미인데요. 작품의 끝부분에서 서술자인 '나'가 송도에 갔다가 역관에서 병든 주생을 만나 그간의 사정을 듣고 기록하는 형식으로 마무리되고 있습니다. "나는 주생에게 병든 내력을 물어보았다… 나는 붓을 잡아 이를 써 나가지 않을 수 없었다."로 작가는 결말을 맺고 있지요.

　　이러한 구성 방식을 액자식 구성이라고 하는데요. 마치 액자처럼 이야기 속에 또 하나의 이야기가 들어있는 것이죠. 이러한 구성은 서로 다른 인물들의 세계관을 동시에 그려내고 시점을 달리 설정할 수 있는 특징을 갖습니다. 또 독자 입장에서는 현실감을 느낄 수도 있고요. 참고로 남녀 간의 비극적 사랑을 그린 〈운영전〉 역시 액자식 구성의 예로 볼 수 있지요.

　　그리고 이 작품은 고전소설 특유의 전기적 요소가 약합니다. 여기서 전기傳奇란 기이하고 현실적이지 않다는 의미입니다. 〈주생전〉에는 인물과 배경 등이 구체적으로 제시되어 있는 데다 남녀의 심리 역시 사실적으로 묘사되어 있습니다. 소설이란 기본적으로 허구이지만 그럼에도 현실에서 있음직한 이야기일 때 독자에게 더욱 가깝게 다가오지요. 그런 면에서 〈주생전〉은 아주 성공적인 소설이라고 볼 수 있습니다.

네 개의 눈동자가 마주친
찰나의 순간을 잊을 수 없어서

〈심생전〉

쌤 좋은 아침입니다. 여러분, 수업에 들어가기 전에 질문을 하나 하고 싶네요. 지금은 신분이란 게 있을까요?

붕이 양반, 천민 뭐 이런 신분을 말씀하시는 건가요?

쌤 어떻게 생각해도 좋습니다.

붕이 음, 글쎄요. 지금은 신분이 없지 않나? 군대 같은 곳 말고는 없는 거 같은데요.

나정 이 바보야. 군대는 신분이 아니라 계급이거든. 그리고 지금처럼 신분이 극명한 사회도 없지. 옛날에는 가문이나 혈연에 의해 신분이 나뉜다면 지금은 자본에 의해 나뉘지만 말이야.

쌤 동구 생각은 어떤가요?

동구 글쎄요. 겉으로 제도화된 건 아니지만 사람들의 의식 속에는
분명 지위에 대한 인식은 있다고 생각합니다. 이것도 일종의 신
분이라고 볼 수 있을 거 같아요.

쌤 좋습니다. 여러분의 의견 모두 일리가 있네요. 오늘 선생님과
함께 살펴볼 작품은 〈심생전〉입니다. 이 작품은 신분과 관련이
있어요. 같이 볼까요?

주인공 심생은 서울에 사는 양반입니다. 그는 스무 살로 총명하
고 용모가 준수한 청년이었죠. 어느 날 운종가(雲從街, 지금의 종
로)에서 임금의 행차를 구경하고 돌아오는 길에 그는 기이한 광

경을 목격합니다. 한 계집종이 어떤 여인을 업고 가고 있네요.
그 여인은 자주빛 명주 보자기를 덮고 있어서 얼굴이 잘 보이지
않았습니다. 다른 계집종이 붉은 비단신을 들고 함께 가고 있네
요. 왠지 호기심이 동합니다. 어떤 여인일까 하고 말이지요.

붕이 그러게요. 얼굴을 몽땅 가리고 다니면 괜히 궁금해지잖아요.

쌤 심생은 바짝 붙어 따라가 봅니다. 시선은 계속 보자기를 주시
하고 있지요. 다리 위를 지날 때였습니다. 어디선가 갑자기 바
람이 불어와 자주빛 보자기가 반쯤 걷혔지요. 심생은 이때를
놓치지 않고 보자기 속 여인의 모습을 뚜렷이 봅니다. 봉숭아

빛 뺨에 버들잎 눈썹, 초록 저고리에 다홍치마, 연지와 분으로 곱게 화장한 여인입니다. 앗. 그 여인도 심생을 바라보고 있네요. 그 순간을 한번 볼까요?

보자기가 걷히는 순간에 버들 눈, 별 눈동자의 네 눈이 서로 부딪쳤다. 놀랍고 또 부끄러웠다.

나정 버드나무 잎 같은 고운 눈에 별처럼 반짝이는 눈동자를 의미하는 건가요? 어쩜 표현도 멋지네요.

쌤 하하, 그렇죠? 여인은 보자기를 다시 덮어쓰고 가 버립니다. 네 눈이 마주친 건 찰나의 순간. 그러나 그 짧았던 시간이 두 사람의 운명을 뒤바꿀지 누가 알았을까요?
심생은 여인을 쫓아갑니다. 여인은 붉은 칠을 한 대문 안으로 들어가 버리지요. 심생은 그 앞에서 서성거리다 지나가는 이웃 할멈에게 물어 봅니다. 누가 사는 집인지요. 할머니는 자세히도 알려줍니다. 그 집은 호조에서 계사(計士 : 회계원. 중인 출신의 기술직)로 있다가 은퇴한 이가 살고 있고, 그에게는 열일곱 살 된 딸이 하나 있는데 아직 혼사를 정하지 못했다고요. 예나 지금이나 집안 사정을 듣는 데는 그 동네 할머니가 최고인 것 같습니다.

동구 크크크.

쌤 심생은 다리 위에서 보았던 그녀를 잊을 수 없습니다. 저녁 때 친구네 집에 놀러간다는 핑계를 대고 여인의 집으로 향하지요. 그는 인적이 뜸해진 틈을 타 담을 넘어 집 안으로 들어갑니다. 초승달은 으스름하고 등불은 창호지를 비추어 환하네요. 심생은 처마 밑 벽면에 기대어 숨을 죽이고 귀를 기울입니다.

방 안에는 계집종 두 명과 아까 보았던 여인이 있습니다. 여인은 소설을 소리 내어 읽고 있었는데 꾀꼬리 같은 낭랑한 목소리네요. 계집종들은 곧 잠들었고 여인은 계속 책을 읽습니다. 늦은 시각이 되어서야 방에 등불이 꺼집니다. 그러나 방 안에서는 잠을 이루지 못하고 뒤척뒤척 거리는 소리가 들리네요. 심생 역시 잠들지 못하며 귀만 기울이고 있습니다. 그렇게 새벽종이 울릴 때까지 있다가 도로 담을 넘어 나왔지요.

붕이 주인공이 이상한데? 혹시 스토커 아냐?

나정 야! 스토커는 무슨 스토커야? 이거야말로 순수한 사랑이지. 하긴 넌 경험도 못 해 봤겠지만.

동구 그냥 짝사랑 같은데. 말 못하는 짝사랑 말이야.

쌤 자, 각자들 나름의 생각을 갖고 있군요. 좋습니다. 아무튼 이렇게 밤에 나갔다가 새벽에 돌아오는 건 심생의 일상이 되어 버렸습니다. 단 하루도 빠짐없이 스무 날 동안을 계속하게 되지요. 그런데 이상한 점이 있습니다. 여인은 초저녁에 보통 책을 읽거나 바느질을 하는데 밤늦게 불이 꺼지면 곧바로 잠들지 못하는 것이었습니다. 어느 날은 긴 한숨 소리가 들리기도 하고 짧은 탄식이 들리기도 합니다. 또 어느 날은 손으로 벽과 가슴을 두드리기도 하고요. 하루하루 갈수록 이런 모습들이 심해져 갑니다.

붕이 음, 뭔가 있는 듯하네요.

쌤 자, 스무 날째 되는 밤입니다. 마찬가지로 심생은 담벼락에 붙어 방 안의 동정을 살피고 있네요. 그런데 이게 웬일입니까. 바스락 소리에 고개를 돌리자 바로 옆에 여인이 서 있네요. 여인은 빤히 심생을 바라보고 있습니다. 심생은 덥석 여인의 손을 붙잡습니다. 그런데 여인은 조금도 놀라는 기색이 없이 낮은 소리로 말하지요. "도련님은 일전에 다리 위에서 만났던 분 아닌가요? 저는 스무 날 전부터 도련님이 이곳에 계신 줄 알았어요. 절 놓아 주시면 제가 뒷문을 열고 방으로 드시게 할게요. 손을 놓으세요."라고요.

심생이 그 말대로 하자 여인은 휙 돌아서 방으로 들어갑니다. 그리고는 계집종에게 자물쇠를 가져오라 하여 그것으로 뒷문을 잠가 버리지요. 일부러 쇠를 채우는 소리를 찰카닥 냅니다. 그리곤 등불을 끄고 고요히 잠든 척을 합니다. 뒷문을 열어 방으로 들이겠다더니 아예 자물쇠로 잠가 버렸네요. 심생은 잠긴 문 앞에서 황당할 뿐입니다. 속은 것에 화도 났지요. 그는 뒷문 앞에서 밤을 새우고 새벽에 돌아갈 수밖에 없었답니다.

동구 바람 맞힌 건가요?

나정 시험해 보는 것 같은데? 이 남자가 언제까지 기다려 줄지.

붕이 결국은 밀당이지 뭐.

쌤 이렇게 하루가 가고 또 하루가 갑니다. 뒷문은 굳게 닫혀 있고 심생은 그 앞에서 매일 밤을 지새울 뿐입니다. 그렇게 열흘이 지났지요. 어느 날 여인은 등불을 끄고 한참 있다가 문득 벌떡 일어나 계집종들을 다른 방에 가서 자라고 내보냅니다. 그리고는 자물쇠를 열어 심생을 방 안으로 들이지요. 심생은 얼떨떨한 마음에 들어와 앉습니다. 여인은 잠시 기다리라고 하고는 윗방에 가서 자신의 부모를 모시고 옵니다.

붕이 엥?

쌤 부모는 심생을 보고 어리둥절할 뿐입니다. 심생도 당황스럽긴 마찬가지고요. 여인은 말을 꺼냅니다. 잠시 들어볼까요?

"놀라지 마시고 제 말을 들어 보셔요. 제 나이 열일곱에 문 밖을 나가지 못하다가, 일전에 임금님 거동을 구경하고 오는 길에 우연히 도련님과 얼굴이 마주쳤어요. 그날부터 비가 와도 추워도 도련님은 매일 밤 이 방문 밑에 숨어 기다렸고 그렇게 벌써 삼십 일이 지났답니다. 저는 곰곰이 생각해 보았어요. 만일 이 소문이 밖으로 퍼져서 동네 사람들이 알게 되면 밤에 들어왔다 새벽에 나가는데 자기 홀로 창 벽 밖에서 있는 줄을 누가 믿을까요? 사실과 다르게 누명을 뒤집어쓰겠지요. 또 저 분은 양반 댁 도령으로 청춘의 혈기를 지녔는데 이대로 헤어진다면 며칠 못가서 병이 나지 않겠습니까? 병들면 필시 일어나지 못하리니, 그렇게 되면 제가 죽이지 않았어도 제가 죽인 셈입니다. 마지막으로 제 몸은 한낱 중인中人집 딸에 불과합니다. 도련님께서 지극한 정성으로 저를 기다렸는데 제가 도련님을 따르지 않으면 하늘이 노여워하고 복을 주지 않을 거예요. 전 제 마음을 정했습니다. 부모님. 이제 일이 이렇게 되었으니, 이 역시 하늘의 뜻이지요. 더 말해 무엇하겠습니까?"

나정 아, 멋져요. 여인이 부모님에게 저렇게 당당하게 말하는 모습이요.

붕이 여인의 진심이 느껴지네요. 감동받을 뻔 했습니다.

나정 야, 감동받으면 감동받는 거지 감동받을 뻔 했다는 건 또 무슨 소리야?

붕이 아, 말이 그렇다는 거지.

쌤 여인의 말을 들은 부모는 어안이 벙벙했으나 달리 할 말이 없었습니다. 심생 역시 마찬가지였고요. 심생은 여인과 그날 밤을 함께 보냅니다. 애타게 기다리던 것이 이루어졌을 때의 기쁨은 말할 수 없이 크지요. 그날 방에 들어간 이후로 심생은 매일 밤을 그녀와 함께 합니다.

사랑하는 이에게는 항상 뭔가를 주고 싶은 법이죠. 여인의 집은 부유했습니다. 여인은 심생을 위해 의복을 정성껏 마련해 주었죠. 그러나 심생은 집에서 이상하게 여길까 걱정해서 감히 입지 못했습니다. 양반 가문은 엄격한 분위기이거든요. 남녀 간의 자유연애는 현실적으로 힘든 데다 같은 양반이 아닌 경우에는 더욱 어려움이 많았지요.

심생의 부모들은 아들에게 뭔가 이상한 점이 있음을 느낍니다. 매일 밤마다 아들이 어디론가 나가서 새벽에나 돌아오니까요. 결국 심생은 절에 가서 글공부를 하라는 명을 받습니다. 몹시 불만스러웠지만 부모의 명이니 어쩌겠습니까. 따를 수밖에요. 심생이 절에 머문 지 어느새 한 달 가까이 되었습니다. 누군가 편지를 한 통 전해주네요. 열어보니 유서가 있었습니다.

나정 어머, 어떡해.

쌤 심생은 떨리는 손으로 편지를 잡습니다. 그리고는 천천히 읽어보지요.

봄 추위가 아직 쌀쌀한데 절간에서 글공부에 몸은 평안하신지요. 소녀는 도련님께서 떠나신 후 병을 얻어 백약이 무효한지라 이제는 죽음밖에 없는 줄 압니다. 다만 세 가지 한을 가슴에 안고 있으니 죽어도 눈을 감지 못할 것 같습니다.

소녀는 본래 무남독녀로 부모님의 사랑을 받고 자랐으며 장차 부모님께 적당한 사위를 구해드리고 후일을 의지토록 하려 했지요. 다만 제가 먼저 가 버리는 바람에 늙으신 부모님은 영원히 의지할 곳이 없게 되었사오니 이것이 첫째 한이옵니다.

여자가 출가하면 비록 종년이라도 남편이 있고 또 시부모가 있지요. 소녀는 몇 달이 지나도록 도련님 댁의 늙은 여자 하인 하나도 보지 못하였으니, 살아서는 부정한 자취를 남겼고 죽어서 돌아갈 곳 없는 귀신이 될 것이라 이것이 둘째 한이옵니다.

 부인이 남편을 섬기는데 음식을 대접하고 의복을 지어 입으시도록 하는 일보다 더 큰 일이 있을까요. 도련님과 만난 이후로 밥 한 그릇 대접하지 못하였고, 단 한 벌의 옷도 입혀드리지 못하였으니 이것이 셋째 한이옵니다.

만난지 얼마 되지 않아 이별하고, 죽음이 다가왔으나 대면하지 못합니다. 생각이 여기에 이르러 창자가 끊어지고 뼈가 녹으려 하옵니다. 비록 연약한 풀이 바람에 쓰러지고 시들은 꽃잎이 진흙이 된다 한들 끝없는 이 한은 어느 날 다하오리까.

도련님은 소녀를 염두에 두시지 마옵시고 더욱 글공부에 힘쓰셔서 청운의 뜻을 이루기 바라옵니다. 옥체를 보중히 여기길 비옵나이다.

소녀 올림

붕이 야, 너 눈물이 찔끔 나는 것 같다.

나정 넌 슬프지도 않냐? 흑.

동구 자, 여기 휴지.

나정 고마워, 쿵.

쌤 심생은 이 편지를 읽으며 자기도 모르게 눈물을 쏟습니다. 그
러나 어쩌겠습니까. 그녀가 이미 세상을 떠난 것을. 그는 붓을
던집니다. 그 또한 얼마 지나지 않아 일찍 죽게 되지요.
작가인 '나'는 심생과 동창이었던 스승을 통해 이 이야기를 전해
듣습니다. 그리고 기록을 남기지요. 심생과 여인의 이야기를요.

동구 아, 가슴이 너무 찡해요. 한 달간의 짧은 사랑과 영원한 이별에
대한 슬픈 이야기네요.

쌤 안타깝지요. 연인을 둘러싼 환경은 사랑에 중요한 영향을 미칩
니다. 환경이란 게 예전엔 신분이나 벼슬이었다면 지금은 돈이
나 직업이겠지요. 단순히 사람 그 자체만 사랑한다고 하여 그
것으로 모든 게 결정되는 건 아닌 것 같습니다. 현실의 벽은 의
외로 높거든요.

나정 쌤, 저는 좀 다르게 생각하는데요. 이들의 사랑은 신분 차이 때
문에 좌절된 게 아니라 죽음을 통해 이루어진 게 아닐까요?

쌤 호오, 왜 그렇지요?

나정 심생이 이십일 동안을 밤부터 새벽까지 밖에서 기다리잖아요. 그
녀 역시 그 사실을 알았지만 자물쇠로 문을 걸어 잠금으로써 한
번 더 시험을 했지요. 심생의 믿음이 진심인지를 확인하려고요.
심생도 여인도 이미 알고 있었을 거예요. 자신들의 만남을 가로
막는 신분이라는 장벽을요. 어쩌면 그녀가 심생을 방으로 들인
날 각오를 했던 게 아닐까요? 자신이 하는 행동이 하늘의 뜻이고

운명이라고요. 즉, 일이 어떻게 되든 따를 준비가 되어있다고요. 심생에게 보낸 편지에도 세 가지 한이 나오는데 이건 다른 말로 사랑인 것 같아요. 이승에서 못 다한 사랑을 저승에서나마 이루고자 하는 마음이 그녀에게는 있지 않았을까요?

쌤 음, 훌륭하군요. 좋습니다. 사랑은 늘 평탄하지만은 않습니다. 뻥 뚫린 경부고속도로가 아니지요. 때론 꽉 막히고 갑자기 누군가가 내 앞을 끼어들기도 합니다. 결국 이리 밀리고 저리 치이며 목적지를 향하는 건 사랑이나 운전이나 마찬가지인 것 같네요.

자, 오늘은 〈심생전〉을 살펴보았습니다. 다음 시간에는 마지막 주제인 결혼과 관련해서 새로운 작품으로 여러분과 함께 하겠습니다. 마치겠습니다.

붕이 수고하셨습니다.

쌤의 한마디 ⭐

사랑은 위기에 의해 종종 좌절됩니다. 거대한 파도에 부서지는 해변의 모래성같이 말이죠. 이런 가슴 아픈 경험은 우리에게 큰 상처를 남깁니다. 우연한 만남이 모든 걸 바꾸듯 벼랑 끝 위기와 시련 역시 삶을 송두리째 바꾸기도 하지요. 이때 우리에게 필요한 건 사랑은 사랑대로, 아픔은 아픔대로 흘러가도록 그대로 놔두는 게 아닐까요. 상처가 조금은 아물 때까지요.

〈심생전〉,
펼치지 못한 꿈에 대해 말하다

〈심생전〉은 조선 정조 때 이옥(1760~1815)이 지은 작품입니다. 그의 친구인 김려(1766~1822)가 편찬한 『담정총서』에 수록되어 있지요.

양반가 자제인 주인공 심생은 임금의 행차를 구경하고 오다가 우연히 한 여인과 눈을 마주칩니다. 뒤를 따라가 보니 그녀는 중인의 딸이었지요. 첫눈에 반한 그녀를 잊을 수 없어서 심생은 밤마다 그녀의 집 담을 넘고 방 옆에서 날밤을 새웁니다. 그리고 결국 그의 진실함을 알아 주는 그녀와 함께 밤을 보내지요. 그러나 심생의 부모는 밤마다 사라지는 아들을 염려하여 절에 들어가 공부하게 합니다. 부모의 명을 거스를 수 없는 심생은 어쩔 수 없이 그녀와 헤어지게 되고, 어느 날 그녀가 보낸 유서를 받게 되지요. 이별을 서글퍼하며 처지를 한탄하는 내용이 담긴 편지를 읽고 심생 역시 얼마 지나지 않아 죽는다는 내용입니다.

우리는 〈심생전〉의 작가인 이옥이란 인물에 대해 좀 더 살펴볼 필요가 있습니다. 이옥의 아버지인 이상오는 집안 인물 가운데 처음으로 진사시에 급제하였습니다. 이옥 역시 어린 나이에 글을 배우기 시작했지요.

그는 일찍부터 과거 공부에 매진하였고 1790년 드디어 생원시에 합격합니다. 성균관에 들어가 대과 공부를 시작하지만 때마침 불어 닥친 정조의 문체반정(패관잡문이나 소설의 문체를 배척하고 고문古文으로 환원시키려는 문풍개혁정책)으로 인해 타락한 문체를 쓰는 '문제의 인물'로 거론됩니다.

이옥은 반성문을 하루에 50수씩 지어 올리기도 하고, 문체가 이상하다 하여 한동안 과거에 응시하지 못하게 하는 벌인 '정거'를 당하기도 합니다. 또 군역에 강제로 복무케 하는 '충군'의 벌을 두 차례나 받기도 하지요. 게다가 얼마나 왕의 미움을 받았는지 그가 과거에서 장원했지만 소품체 문체를 쓴 것을 정조가 찾아내 꼴찌로 처리하는 일도 벌어집니다. 결국 이옥은 과거 시험을 포기하고 고향 남양으로 낙향하여 지내다가 1815년 향년 56세로 세상을 떠나지요.

생각해보면 〈심생전〉의 연인과 작가 이옥 모두 당대의 폐쇄적인 가치관 때문에 꿈을 펴지 못한 셈입니다. 어쩌면 작가는 자신의 울분과 한을 소설을 통해 남기고 싶었던 게 아닐까요?

결혼
우리 정말
이대로
행복한가요?

미안해
나 네 남편이긴 한데 실은 여자야

〈방한림전〉

나정 쌤, 질문이 있어요.

쌤 그래요. 말해 봐요.

나정 오늘부터 결혼을 주제로 수업하잖아요. 근데 결혼은커녕 현재 남친도 없는 제가 이런 말하긴 좀 그렇긴 하지만 왠지 두렵다고 할까요. 그런 마음이 들어요.

쌤 흐음, 구체적으로 어떤 점이 두렵다는 거죠?

나정 있잖아요. 연애할 때는 간도 쓸개도 다 빼 줄 것 같은 남자들이 결혼하면 싹 바뀐다잖아요. 작년 명절 때 가족들이 모였는데 시집간 사촌 언니들이 다들 남편 욕 하더라고요.

쌤 하하.

220

나정 뭐랄까. 잡힌 물고기에는 먹이를 안 준다던데 결혼도 비슷할지 모르겠어요. 나를 향한 마음이 결혼 후에도 한결 같을지 걱정도 되고 말이에요.

붕이 잡힌 물고기는 잡아먹어야지. 왜 먹이를 줘?

나정 아! 깜짝이야. 야! 왔으면 인기척 좀 해라. 넌 몰래 들어와서 남 얘기 엿듣는 게 취미냐?

붕이 어떻게 알았지?

나정 에휴.

동구 안녕하세요. 쌤.

쌤 동구도 왔군요. 이제 다 모였네요. 방금 나정이가 말한 것에 대해 여러분의 의견을 듣고 싶군요. 결혼 후에 상대가 바뀔까봐 망설여집니다. 나에 대한 관심도 식고 애정도 식어 버릴 것도 같고요. 어떻게 해야 할까요?

붕이 원래 결혼이 그렇지 않나? 헤헤.

동구 참고 살아야죠. 뭐.

나정 허, 역시 남자들이란 다 똑같나 보네. 결혼 후에도 똑같을 걸 기대하는 건 무리인가 봐.

쌤 그 부분에 대해서는 좀 더 시간을 갖고 차차 얘기해 보도록 하죠. 결혼은 우리 삶에서 매우 의미 있는 사건입니다. 누구와 결혼하느냐에 따라 이후의 삶이 확연히 바뀔 수 있거든요. 나와 잘 맞는 사람이라면 결혼 후에도 행복과 미소가 함께하겠지요. 어려움이 닥쳐온다 해도 힘을 합해 그럭저럭 넘길 수 있을 겁니다. 그러나 결혼 생활에 나와 맞지 않는 이가 함께한다면 그보다 불행한 것은 없겠죠. 위기가 외부로부터 다가오기 전에 이미 안에서 터져 나올 테니까요. 오늘 함께할 작품은 〈방한림전〉입니다. 결혼을 했는데 상대에게 감춰진 비밀이 있네요. 한번 살펴보지요.

배경은 중국 명나라입니다. 충렬공의 후예인 방 씨 부부에게는 근심이 하나 있었습니다. 나이는 들었지만 대를 이를 자식이 없는 것이지요. 정성이 갸륵하면 하늘도 굽어본다고 하던가요. 이들의 기도가 하늘에 닿았는지 부인은 태몽을 꾸고 여자 아이를 낳게 됩니다. 이 아이가 소설의 주인공인 방관주입니다.

방관주는 어려서부터 재주가 뛰어나고 기상이 드높았죠. 씩씩한 데다 당돌한 면도 있었습니다. 관주가 자라 말을 할 수 있게 되자 어느 날 부모에게 얘기합니다. 자기는 여자 옷과 길쌈질이 싫으니 남자 옷을 입혀달라고요. 부모 입장에서는 딱히 심각한 일이라고 여기지 않습니다. 오히려 아이가 그걸 원하니 그대로 해 주는 게 맞다고 생각하지요.

붕이 옷 같은 건 아무거나 막 입어도 상관없지 않나요? 가끔씩 저도 급할 때 누나 옷도 입곤 하는데.

나정 얘가 뭔 소리래. 네 누나가 들으면 참 좋아하겠다. 근데 누나 옷이 너한테 맞긴 하냐?

222

쌤 얼마 후 어린 그녀는 큰 슬픔을 겪게 됩니다. 여덟 살이 되었을 때 부모가 모두 세상을 뜬 것이죠. 상을 마치자 자신을 길러 준 유모가 그녀에게 말합니다. 이제는 여자 옷을 입고 여인의 도리를 지키며 살아가야 하지 않냐고요. 그러나 방관주는 딱 잘라 말합니다.

내 이미 부모님의 명령을 받들어 남아로 행세한 지 삼 년이 다 되었는데 어찌 마음을 고쳐 돌아가신 부모님의 뜻을 저버리겠는가? 내 마땅히 입신양명하여 부모의 후사를 빛낼 것이니 유모는 괴로운 말을 다시 말라. 또 나의 정체를 다른 사람에게 알리지 말라.

동구 유모의 말도 일리가 있지 않나요. 훨씬 현실적인 것 같은데요.

쌤 어쩌면 유모의 말은 당시의 이데올로기를 그대로 반영한 것일 수 있습니다. '남자는 남자답게, 여자는 여자답게'라는 말처럼 남녀는 신분이나 역할이 엄연히 구별되었으니까요.

붕이 남녀칠세부동석이란 말도 있잖아요, 헤헤.

쌤 그래요. 방관주는 의지가 강합니다. 부모의 삼년상을 치르고 공부에 전념해 열두 살에 장원 급제를 하지요. 물론 여자는 과거를 볼 수 없었기에 남장을 한 채로 말입니다. 그 후 그녀는 임금으로부터 한림학사 벼슬을 받습니다. 소설의 제목인 방 한림이 된 것이죠.

한편 영의정 서평후에게는 막내딸이 있었습니다. 그녀의 이름은 영혜빙. 그녀는 길들여지지 않은 한 마리의 야생마와도 같았습니다. 어린 그녀가 뭐라고 하는지 들어 볼까요?

녀즈난 죄인이라. (여자는 죄인이야.)

나정 어머.

쌤 그녀는 한 남자의 아내가 되어 눈썹을 그리고 아첨하며 사는 것을 원치 않았습니다. 또 규방 속에서 그런 삶을 살고 있는 시집간 언니들을 비웃지요.

그러나 서평후 입장에서는 딸의 견해에 동의할 수 없습니다. 어떻게든 괜찮은 남편감을 찾아 시집보내는 것이 자신과 가문을 위한 것이라 생각했지요. 또 그것이 결국은 딸을 위한 것이라고도 생각했고요. 그런 서평후에게 눈에 띄는 인물이 나타났습니다. 얼마 전 장원 급제하여 관직에 오른, 마치 혜성과도 같이 등장한 방 한림이지요. 그는 속으로 쾌재를 부르며 계획을 세웁니다.

동구 일명 '막내딸 시집보내기' 프로젝트군요.

쌤 하하, 그런 셈이지요. 자, 서평후는 곧바로 방 한림에게 가서 자신의 딸과 혼인 의사가 있는지 묻습니다. 요즘으로 치면 신입사원인 여러분에게 부사장님이 오셔서 자기 딸과 혼인할 생각이 있냐고 묻는 셈이지요. 어떻게 할래요?

붕이 장인어른, 감사합니다!

동구 행복하게 살겠습니다. 꾸벅.

나정 에휴, 속물적인 것들 좀 봐.

쌤 붕이와 동구는 단 일 초의 망설임도 없이 곧바로 대답하는군요. 좋습니다. 그러나 방 한림은 거절합니다. 이유는 간단합니다. 자신이 여자이니까요. 물론 서평후에게는 정중히 사과하며 아직 자신의 나이가 어려 혼인의 생각이 없다고 말합니다.

그러나 서평후는 방 한림이 마음에 단단히 들었나 봅니다. 어쩌면 철부지 막내딸을 얼른 시집보내고픈 생각도 있었을지 모르죠. 또 다시 한림을 찾아가 정성스럽게 구혼합니다. 내일 자신의 집으로 와서 술 한잔 하자면서요.

일개 한림이 영의정의 부탁을 자꾸 거절할 수는 없습니다. 결국 승락하지요. 유모는 걱정스럽게 묻습니다. 나중에 뒷감당을 어떻게 할 거냐고요. 그러나 정작 한림은 태평합니다. 걱정하지 말라며 오히려 유모를 안심시킵니다.

붕이 흐미, 과연 어떻게 될까요?

쌤 사람과 사람을 이어 주는 데는 술이 중요한가 봅니다. 서평후와 방 한림은 다음 날 매화나무 아래에서 술 한잔 하며 결국 혼인에 동의하지요. 며칠 뒤 결혼식을 끝내고 이윽고 첫날밤이 되었습니다. 요즘이야 결혼 전에 상대를 만나보는 게 너무나 당연하지만 예전에는 그렇지 않았습니다. 결혼식 날이 되어서 배우자의 얼굴을 처음 보는 경우도 흔했지요. 한림과 혜빙은 그제야 서로의 얼굴을 봅니다. '어라. 뭔가 이상한데?' 여자의 눈썰미는 날카롭습니다. 혜빙은 한림을 보고 감이 오지요.

'예로부터 남자가 참으로 고운 사람도 있다고 하나 여자와는 차이가 많으니 어찌 이런 남자가 있겠는가? 아마도 어렸을 때 남장을 한 채 지내다가 부모를 일찍 여의고 여도女道를 가르칠 사람이 없어서 여기까지 이른 것 같다. 진실로 가소로운 일이구나.'

그렇습니다. 혜빙은 딱 보고 눈치 챈 거지요. 그러나 "솔직히 말해 봐. 너 여자지?"라고 직접 대놓고 따질 수는 없습니다. 그래서 슬쩍 한번 떠 보지요.

"소첩이 가만히 헤아려 보니 한림이 일월日月을 속이고 세상을 속여 음양陰陽을 바꿔 입은 것을 알고 있으니, 이를 자세히 밝히시면 첩이 죽을 때까지 저버리지 않겠나이다."

동구 허걱.

나정 자세히 밝히라니까 더 무섭네요.

쌤 한림은 어떻게 할까요? 사실을 솔직하게 터놓습니다. 들어 볼까요?

226

"나는 근본이 그대의 의심과 같도다. 여덟 살에 부모님을 여의고 의
탁할 사람이 없어 이런 모습으로 속절없이 세월을 보냈다네. 이런
나를 오늘 그대가 분명히 알아보았구려. 감히 다시 속이지 못할 것
이네. 나는 사사로운 이익을 탐하여 부부의 즐거움을 중요치 않게
여겼건만 이로써 소저의 인륜을 끊었으니 부끄러워 낯을 들 수 없구
려. 다만 나의 정체를 누설하면 안 될 것이니 그대가 침묵하여 주길
바라네."

붕이 허, 황당하겠다.

쌤 만약에 나정이라면 어떻게 할래요? 결혼했는데 첫날밤 상대가 여자임을 밝힌다면요?

나정 꺅! 왜 그런 질문을 하세요!

쌤 하하, 놀래킬 의도는 없었습니다. 혜빙은 어떻게 했을까요? '그럼 친구로 지내지 뭐.'하고 그녀는 생각합니다. 흔쾌히 한림을 받아들이기로 하지요. 거기에는 가부장적 사회와 억압적 분위기에 대한 반감 역시 작용했을 겁니다. 이렇게 그들은 지기知己가 되지요.

사건은 계속됩니다. 한림이 형주 안찰사가 된 어느 날 산에서 휴식을 취하고 있을 때였습니다. 갑자기 천둥소리가 들리더니 하늘에서 큰 별이 떨어집니다. 서둘러 그곳으로 가 보니 바위 위에 한 아이가 놓여 있는데 가슴에는 '낙성落星'이라고 써 있네요. 한림은 그 아이가 하늘이 준 자신의 후사라고 생각하지요. 그리고 임무가 끝난 후 돌아와 혜빙에게 말하고 아들로 입양하여 키우게 됩니다.

동구 흐음, 그렇군요.

쌤 세월이 흐르고 북방에서 오랑캐들이 반란을 일으킵니다. 그동안 한림에서 병부상서 추밀사의 벼슬까지 오른 방 상서는 적들을 토벌하겠다고 자원하지요. 대원수로 출전한 그는 전쟁을 승리로 이끌며 혁혁한 공을 세워 승상이 됩니다. 아들 낙성 역시 훌륭하게 자라 결혼을 하고 장원 급제까지 하지요. 더할 나위 없이 모든 것이 잘 풀려갔습니다. 한 도인을 만나기 전까지는 말입니다.

붕이 뭔가가 벌어지겠군요.

쌤 방관주가 마흔이 될 무렵입니다. 한 도인이 그에게 다가와 관상을 봐 주지요. 아, 도인의 표정이 어두운 걸 보니 별로 좋지 않은 상인가 봅니다. 그는 승상이 오래 살지 못하고 곧 죽을 것이라고 경고하지요. 도인은 글이 써진 부채만 하나 남겨 둔 채 홀연 사라져 버립니다. 거기에 뭐라고 써 있는지 볼까요?

'음양陰陽을 바꿔 임금과 온 천하를 속였으니 그 벌이 없지 않을 것이다. 옥황상제께서 옛 신하를 보시고자 하니 원컨대 공은 내년 삼월 초사일에 상제를 만나도록 하라.'

동구 내년에 죽는다는 말이네요. 이 말을 듣고 어떤 마음이 들었을까요…. 안타깝네요.

쌤 방 승상은 긴 한숨을 내쉽니다. 죽음에 대한 두려움도 있었겠지만 그보다는 지금까지 임금과 세상을 속인 것에 대한 미안함, 그리고 자신이 죽으면 혼자 남게 될 혜빙에 대한 걱정이 훨씬 컸겠지요. 승상은 병이 들어 자리에서 일어나지 못합니다. 부인과 아들 내외 역시 걱정스럽긴 마찬가집니다. 어느 날 임금이 친히 문병을 오지요. 여기서 승상은 마지막 진실을 밝힙니다. 자신이 여자임을요.

나정 어머, 그래서요?

쌤 임금은 승상에 대한 믿음이 높았습니다. 그렇기에 진실을 듣고 너그러이 용서하며 벼슬도 거두지 않았지요. 승상의 쾌유를 바라며 임금은 그녀를 두둔했습니다.

삼월 초사일에 방관주는 결국 세상을 뜨게 됩니다. 아내 혜빙 역시 얼마 지나지 않아 죽게 되지요. 임금은 방관주의 장례를 국장으로 치릅니다. 아들 낙성은 이후 꿈에서 자신들은 천상계에 와서 잘 지내니 슬퍼 말고 집안을 빛내라는 부모의 모습을 봅니다. 소설은 이렇게 끝이 나죠.

붕이 흠, 인상적이네요. 특히 결혼식 날 밤에 혜빙이 한림을 딱 보고 알아채던 그 부분이요.

쌤 오늘은 결혼에 대한 첫 시간이었어요. 연애를 충분히 하고 결혼을 한다 해도 여전히 미지의 세계가 남아 있는 것 같습니다. 마치 문을 여니 또 문이 있는 셈이지요. '남자로 알고 결혼했던 이가 사실 여자였더라.' 정도까지는 아니어도 결혼 후 상대방에 대해 몰랐던 사실들을 새로 알게 되는 경우도 많지요. 그러나 그 사실들이 내가 어느 정도 감내할 수 있는, 즉 수용하고 인정할 수 있는 범위 내에 있다면 과감히 포용하는 것이 필요하다고 봅니다. 결혼이란 게 결국 둘이서 맞춰 가는 거니까요. 혜빙도 한림의 정체를 알았지만 포용하였기에 행복한 결혼 생활을 할 수 있지 않았나 생각합니다. 오늘은 이것으로 마치겠습니다. 다음 시간에 다시 뵙지요.

쌤의 한마디

결혼에 있어 상대방을 이해하라는 말을 많이 듣습니다. 이해는 상대방의 존재를 긍정하는 것부터 시작합니다. 그렇기에 상대의 모든 것을 있는 그대로 인정하고 받아들이는 것이 필요하지요. 상대의 장점만을 칭송하고 단점에는 애써 눈감으려 한다면 관계가 지속되긴 어렵겠죠. 결혼이라는 게 여생을 함께 보낼 약속이기에 불편한 상태가 되어버린다면 진정한 행복을 느끼긴 어려울 것입니다. 받아들임과 인정. 그것은 다른 말로 포용입니다.

〈방한림전〉,
소설, 갑갑한 현실의 탈출구가 되어 주다

이 작품은 작자와 창작 연대 미상의 조선시대 국문 고전소설입니다. 여성 방관주를 주인공으로 한 흥미로운 영웅소설이지요.

방관주는 어려서부터 남복을 입고 남자 행세를 합니다. 어린 나이에 부모를 여읜 후 과거에 급제해 영의정의 딸 혜빙과 혼인을 하지요. 첫날 밤 방 한림은 사정을 밝히고 둘은 평생토록 비밀을 지키며 부부로 살 것을 함께 서약합니다. 안찰사가 되어 돌아다니다가 별이 떨어지는 곳에서 우연히 한 아이를 발견해 양자로 삼지요. 그 후 오랑캐들로부터 국가를 위기에서 구해내는 뛰어난 성취를 이루며 살다가 하늘이 정한 운명에 따라 죽게 됩니다.

당시에는 누가 소설을 읽었을까요? 먼저 가장 두드러진 독자는 여성이었습니다. 일례로 유배를 간 서포 김만중이 홀로 지내는 어머니를 위해서 〈구운몽〉을 지었다고 알려져 있지요. 〈창선감의록〉의 작가인 조성기 역시 자신의 어머니를 위해 지었다고 합니다.

조선시대 양반부녀자들은 많은 제약 속에서 살았습니다. 다른 사람을 만나기도 힘들었고 함부로 집 밖으로 나다닐 수도 없었지요. 그런 현실 속에서 여인들의 탈출구이자 삶의 재미를 느낄 수 있는 것이 바로 소설이었습니다. 세책방에서 책을 빌려보는 경우도 많았지요.

　궁중 여인들 역시 예외일 수는 없었지요. 어릴 때 궁으로 들어가게 되면 평생을 그곳에서 살아야 하는 경우도 많았습니다. 그런 상황에서 소설은 마음의 시름을 달래고 위안을 줄 수 있는 훌륭한 도구였지요. 창덕궁 동쪽에는 낙선재라는 건물이 있는데요. 이곳에는 우리의 창작소설과 중국의 번역소설들이 2,000여권 정도 소장되어 있답니다. 엄청나게 많은 수이지요. 그래서 이 낙선재에 있는 책들을 낙선재본이라고 따로 이름을 붙일 정도였답니다.

　남성들 역시 책으로 읽거나 직업낭독자를 통해 소설을 접할 수 있었습니다. 요전법邀錢法이라는 말도 있는데요. 직업낭독자가 소설의 가장 긴요한 대목에서 멈추면 사람들은 이어질 내용이 궁금해서 돈을 던져댑니다. 돈이 어느 정도 차면 그제서야 낭독자는 계속 이야기를 이어 나갔지요.

　처음에는 몰락 양반과 양반부녀자들이 소설의 주요 독자층이었다면 시간이 지나면서 평민 계층까지 확대되었습니다. 소설의 유통이나 보급이 활발해지고 국문 소설이 증가했기 때문입니다. 이처럼 소설의 독자층은 꾸준히 늘어나면서 현재에 이르렀지요.

아아
동냥다니다 개에게 물린 내 딸아

〈조신전〉

~~~~~~

쌤 반갑습니다. 여러분. 오늘은 다들 일찍 왔군요.

붕이 안녕하세요, 쌤. 저희끼리 얘기 좀 하고 있었어요.

쌤 무슨 얘기요?

붕이 동구가 어제 꿈을 꿨는데 제가 해몽해 주고 있었어요.

쌤 그런가요. 무슨 꿈인지 물어 봐도 될까요?

동구 인적 없는 시골길을 천천히 걷는 중이었어요. 논 옆으로 난, 한 사람만 겨우 지날 수 있는 외딴길이었죠. 새벽 무렵이라 자욱한 안개도 끼어 있고 선선한 공기가 몸을 스쳐가면서 서늘한 감촉도 들었어요. 그런데 저쪽 맞은편에서 사람 형상 같은 게 보이는 거예요. 점점 가까이 다가오는데 뭔가 오싹하더라고요.

234

자세히 보니까…

나정 …보니까?

동구 자줏빛 보자기를 얼굴에 덮어쓴 한복 차림의 여인이었어요. 아담한 체구에 하얗고 고운 손을 가졌더라고요. 그녀는 어느새 제 코앞까지 다가왔어요. 저를 보더니 갑자기 보자기를 훌렁 벗어 던지면서 제게 말하더라고요.

붕이 뭐라고?

동구 "… 길 좀 비켜 줄래?"

나정 깔깔깔깔, 아, 웃겨.

붕이 크크크, 너 혹시 전에 배웠던 〈심생전〉이 떠오른 거 아냐. 거기도 보자기 쓰고 지나가잖아.

동구 아, 그런가? 아무튼 꿈에서는 좀 심각했어.

쌤 하하, 덕분에 아침부터 참 재미있었습니다. 오늘 여러분과 함께 살펴볼 작품 역시 꿈을 바탕으로 합니다. 꿈은 우리를 새로운 세계로 초대하죠. 그곳에선 과연 어떤 세계가 펼쳐질까요? 한번 보지요.

제목은 〈조신전〉입니다. 통일신라시대 강릉에 세규사라는 절이 있었습니다. 절에는 보통 토지가 딸려 있는데요. 이런 땅을 장원이라고 합니다. 조신은 이 장원을 관리하고 책임지는 승려였지요.

어느 날 그는 한 여인을 보게 됩니다. 그녀는 태수 김흔의 딸이었죠. 세속적 욕구를 초월해야 하는 승려도 사랑 앞에서는 어쩔 수 없는 것일까요? 마른 들풀에 불이 번지듯 조신의 마음은 그녀에 대한 연모의 정으로 가득 찹니다. 그는 몇 번이나 낙산사 관음보살에게 찾아가 남몰래 기도를 드리죠. 그녀와 살게 해달라고요.

그러나 부처님은 기도를 듣지 못한 걸까요? 얼마 후 그녀는 다른 사람에게 시집가 버렸지요. 조신은 불당에 가 자신의 기도를 들어 주지 않았다며 부처님을 원망합니다. 날이 저물도록 슬피 울면서요. 그러다가 깜빡 잠이 들어 버리죠.

붕이 흠, 다른 사람도 아니고 스님이 저러니까 더 안타깝네요.

쌤 그도 스님이기 이전에 인간이니까요. 그런데 꿈속에서 여인이 기쁜 얼굴로 다가와 조신에게 웃으며 말을 겁니다. "저는 일찍부터 스님을 마음속으로 사랑해서 잠시도 잊지 못했으나, 부모의 명령에 못 이겨 억지로 딴 사람에게로 시집갔습니다. 지금 내외가 되기를 원해서 온 것입니다."라고요. 아, 하늘이 준 기회가 찾아왔네요. 어쩌면 간절한 기도가 부처님의 마음을 움직였을지도 모릅니다. 조신은 매우 기뻐하며 그녀와 함께 고향으로 야반도주하지요.

동구 사랑의 도피네요.

쌤 그렇습니다. 신분적으로나 경제적으로나 전혀 어울리지 않는, 어쩌면 당시 사회에서 어울리기 금지당한 두 남녀가 손을 잡고 세상의 높은 파도를 향해 뛰어든 셈이지요. 이들은 사 십여 년 간을 함께 살며 다섯 명의 자식을 둡니다. 반평생을 함께한 것 이죠.

나정 행복하게 살게 되었나 보네요.

쌤 그랬으면 좋았겠지만 속을 보면 그렇지 않습니다. 이들에게 집 은 단지 네 개의 벽뿐이고 허기를 채울 음식 찌꺼기조차 없습니 다. 최서해 작가의 〈탈출기〉라는 작품에 보면 굶주림을 못 견 딘 임신한 아내가 아궁이 앞에 쪼그려 앉아 귤껍질을 먹는데 요. 그 모습을 본 주인공은 아내가 가족들 몰래 혼자서 음식을 먹는다고 의심하는 장면이 나오지요. 아마 비슷한 상황이었을 겁니다.

이들은 어쩔 수 없이 거리로 나와 구걸하며 다닙니다. 말 그대 로 유리걸식流離乞食이지요. 이렇게 십 년을 정처 없이 떠돌면서 옷은 여러 조각으로 찢어져 몸을 가릴 수도 없습니다.

명주 해현령을 지날 때 열다섯 살 큰 아이가 배고픔을 못 견디 고 쓰러져 죽습니다. 가족들은 통곡하며 아이를 길가에 묻었지 요. 이들은 우곡현에 이르러 길가에 초가집을 짓고 삽니다. 조 신 부부는 이미 늙고 지치고 병들었어요. 너무나 굶주려서 일어 날 힘조차 없습니다. 열 살 딸아이가 밖에 나가 밥을 빌어먹다 가 마을 개한테 물렸습니다. 아픈 것을 부르짖으며 옆에 와 누 었는데 부부는 목이 메어 눈물만 흘릴 뿐입니다.

나정 너무 슬퍼요.

동구 음… 뭐라고 할 말이 없네요.

쌤 부인은 눈물을 씻으며 조신에게 말을 합니다. 들어 볼게요.

"처음 그대를 만났을 때는 얼굴도 아름답고 입은 옷도 깨끗했었습니다. 맛있는 음식도 나누어 먹었고 옷도 나누어 입었으니 가히 두터운 인연이라고 하겠지요. 그러나 근년에 와서는 병이 더해지고 굶주림과 추위도 날로 닥쳐오는데 수많은 문전에서 걸식하는 부끄러움은 산더미보다 더 무겁습니다. 아이들이 추워하고 배고파해도 미

처 돌봐 주지 못하는데 어느 겨를에 사랑이 있어 부부 간의 애정을
즐길 수가 있겠습니까. 붉은 얼굴과 예쁜 웃음도 풀 위의 이슬이요,
지초와 난초 같은 약속도 바람에 나부끼는 버들가지입니다."

조신은 아무 말도 못하고 묵묵히 듣고만 있죠. 아내의 말은 계
속됩니다.

"이제 그대는 내가 있어서 더 누가 되고 나는 그대 때문에 더 근심이
됩니다. 가만히 옛날 기쁘던 일을 생각해 보니, 그것이 바로 근심의

시작이었습니다. 그대와 내가 어찌해서 이런 지경에 이르렀습니까. 뭇새가 다 함께 굶어죽는 것은 차라리 짝 잃은 난새가 거울을 향하여 짝을 부르는 것만 못할 것입니다. 추우면 버리고 더우면 친하는 것은 인정에 차마 할 수 없는 일입니다. 하지만 행하고 그치는 것은 인력으로 되는 것이 아니고, 헤어지고 만나는 것도 운수가 있는 것입니다. 원컨대 이 말을 따라 헤어지기로 합시다.”

붕이 아내가 결국 헤어지자고 하는군요.

쌤 그렇습니다. 결혼 상황을 직시하고 대처하는 데 좀 더 적극적인 것은 여자 쪽입니다. 여자는 어머니가 되면서 보다 현실적으로 생각하기 때문인지도 모르지요.

조신은 아내의 제안에 고개를 끄덕입니다. 각각 아이를 둘씩 데리고 아내는 고향으로, 그는 남쪽으로 가기로 하지요. 서로 작별의 길을 떠나려는 순간 조신은 꿈에서 깹니다. 타다 남은 등잔불은 여전히 깜박거리고 시간은 밤을 지나 새벽이 되고 있네요. 정신차리고 보니 수염과 머리털은 새하얗게 세었습니다. 그에게는 이미 한평생의 고생을 다 겪은 허탈함과 망연함 밖에 남지 않았지요.

조신은 관음보살상을 대하기가 너무나 부끄러워졌습니다. 꿈에서 큰 아이를 묻었던 자리를 파 보니 돌미륵이 나오지요. 그는 그걸 정성스레 씻어 근처에 있는 절에 모시도록 합니다. 장원을 맡은 책임을 내놓고 사재를 털어 정토사를 짓고 불도에 전념합니다. 그 후에 어디서 세상을 마쳤는지는 알 수 없었지요.

나정 참으로 슬픈 사연이네요.

붕이 쌤, 궁금한 게 있는데요. 아까 조신이 태수의 딸과 결혼하게 해 달라고 빌었다는 곳이 낙산사라고 하셨는데 강원도 양양에 있는 낙산사 맞나요?

쌤 네, 맞습니다. 보통 고등학교 때 강원도로 수학여행을 하면 꼭 들르는 코스이지요.

붕이 아항, 그렇구나. 어디다 적어 놔야겠다. 나중에 들러서 나도 빌어 봐야지.

나정 그래. 꿈에서나마 네 연인을 만나길 빈다. 더불어 머리도 새하얗게 되렴.

붕이 쿵.

쌤 어떤 노래 가사처럼 너무 아픈 사랑은 그들에게 사랑이 아니었을까요? 비극적인 모습을 생생하게 그려낸 이 작품을 통해 우리는 사랑과 결혼이 좌초되는 모습을 볼 수 있었습니다. 이런 걸 보면 결혼을 하는 것도 어렵지만 이후에 행복을 유지하는 것도 쉽지 않은 일 같이 느껴지네요. 오늘 함께한 〈조신전〉은 승려 일연이 지은 『삼국유사』에 남겨져 있는데요. 이 작품 말미에 써놓은 일연의 시 한 편으로 이번 수업을 마무리하겠습니다. 다음 시간에 뵙지요.

달콤한 한 시절도 지나 보니 허망하네.

나도 몰래 근심 속에 이 몸이 다 늙었네.

허무한 부귀공명 다시는 생각 마오.

괴로운 한평생이 꿈결인 줄 알리니.

착한 행실 위해서는 마음부터 닦을지니

홀아비는 미인을, 도둑은 재물을 꿈꾸네.

어찌 가을밤 푸른 꿈만으로

때때로 눈을 감아 청량을 꿈꾸리오.

쌤의 한마디 ⭐

이루어질 수 없는 사랑이란 게 존재할까요? 이렇게 질문을 던지지만 저역시 정답을 알지는 못합니다. 다만 비극적인 사랑의 모습들을 보여 줄뿐이지요. 마치 폭풍우를 견디지 못해 바다 밑에 수장된 난파선들을 손가락으로 가리키듯이요. 결혼 후에는 분명 장밋빛 색채만 가득하진 않을 것입니다. 나도 연인도 그 사실을 이미 잘 알고 있지요. 하지만 어찌겠어요. 그래도 우리는 사랑을 하는 존재인 걸요.

〈조신전〉,
돌미륵이 의미하는 것은?

일연(1206~1289)은 14세에 출가하여 78세에 고려왕조의 국사가 됩니다. 국사는 법계 가운데 가장 높은 등급인데요. 지혜와 덕이 높아 나라의 스승이 될 만한 승려에게 국가에서 내리던 칭호입니다. 당시 고려가 불교사회였다는 점을 생각해 보면 대단한 지위이죠. 일연은 신라시대부터 전승되어 오던 이야기를 수집하여 『삼국유사』에 기록하였습니다. 이 책은 왕력王曆·기이紀異·흥법興法·탑상塔像·의해義解·신주神呪·감통感通·피은避隱·효선孝善 등 9개의 편으로 구성되어 있는데 〈조신전〉은 이 중 탑상 편에 실려 있지요.

　　승려인 조신은 태수 김흔의 딸을 사모하게 됩니다. 이들은 우여곡절 끝에 반평생을 함께하지만 가난으로 인해 가족을 잃고 극심한 고통을 겪지요. 부부가 이별을 결심하고 헤어지는 순간 조신은 꿈에서 깨고 깨달음을 얻습니다.

　　이 작품에서는 흥미로운 소재가 하나 나옵니다. 죽은 아이를 묻었던 자리를 파 보니 돌미륵이 나오지요. 미륵은 석가의 다음으로 부처가 된다고 약속받은 보살인데요. 그래서 미래의 부처님이라고도 합니다. 이 돌미륵은 죽은 아이의 분신을 의미하지요. 또 번뇌와 욕

243

망에서 벗어나 깨달음을 얻길 바라는 부처의 의도가 반영된 것으로 볼 수 있답니다. 어쩌면 조신이 미래의 부처와 같이 되길 바라는 마음이 담겨 있을지도 모르겠네요.

불교에서는 세속적 욕망에 대한 집착이 고통을 가져온다고 말합니다. 욕망이란 한 순간의 꿈과 같은 것이며 무상한 것, 즉 영원하지 않고 쉽게 변해 버리는 덧없는 것임을 강조하지요. 작품에서도 욕망이란 결국 무의미하고 고통스러울 수밖에 없다는 점을 주인공의 꿈을 통해 잘 보여 주고 있습니다.

그러나 과연 욕망과 집착을 끊은 채 살아갈 수 있을까요? 적어도 세속에 사는 우리들에게는 너무나 어려운 과제로 느껴집니다.

너 때문에 내가
두 번씩이나 죽을 뻔한 거 아니?

〈영영전〉

쌤 자, 어느새 대장정의 끝에 도달했네요. 오늘은 이 수업의 마지막 시간입니다. 지금까지 우리는 만남부터 시작해 결혼까지 이르는 여러 우여곡절의 과정을 우리 옛 문학들을 통해 살펴보았습니다.

나정 쌤, 전 슬퍼요.

쌤 왜요?

나정 벌써 마지막 시간이라니요.

쌤 하하, 너무 슬퍼할 필요는 없습니다. 창밖을 잠시 볼까요? 온통 노랗고 붉은 단풍들로 물들어 있네요. 첫 수업을 할 때가 파릇한 새싹이 피어나는 봄이었지요. 시간이 우리 곁을 지나듯 계

절도 흘러가나 봅니다. 우리가 함께했던 시간들은 여러분의 성
숙을 위한 훌륭한 양분이 될 거라 생각합니다. 자, 오늘 함께할
작품은 〈영영전〉입니다. 함께 보지요.

조선 선조 때입니다. 성균관에 다니는 김생이라는 진사가 있었
지요. 풍채가 좋고 총명한 데다 나이 열다섯에 진사 제일과에
오른, 요즘으로 치면 진정한 엄친아였습니다. 물론 이런 엄친
아에게는 권세 높은 집안들의 많은 청혼이 뒤따랐지요.

붕이 와, 대박 좋겠다.

동구 너무 그럴 거 없어. 부러우면 지는 거야.

쌤 하하, 그런가요. 어느 날 성균관에서 집으로 가는 길이었습니
다. 따스한 봄 기운에 여기저기 꽃향기가 물씬 풍겨 댑니다. 이럴
때는 한잔 안 할 수 없지요. 김생은 마침 저기 보이는 술집에 들
러 얼큰하게 취해 낮잠을 자고 일어납니다. 어느새 해는 서산으
로 뉘엿뉘엿 넘어가고 있네요. 새들은 숲으로 돌아가고 그도 집
으로 가기 위해 말에 올랐습니다. 천천히 집으로 향해 가지요.
앗, 그런데 눈앞에 뭔가가 하늘거리고 있습니다. 자세히 보니 여
인의 옷자락 같네요. 자연히 시선은 옷자락의 주인으로 향합니
다. 이제 막 열여섯쯤 되었을까요. 그녀의 모습을 한번 볼까요?

사뿐사뿐 걸음이 가볍고 허리가 가늘어 바람에도 하늘하늘 흔들리
는 여인. 그녀의 푸른 소매가 봄바람에 가볍게 휘날리고, 붉은 치마

는 맑은 시냇물에 비쳤다.

붕이 우왕, 한 폭의 그림 같아요.

쌤 김생은 머뭇거리다가 자신도 모르게 여인의 뒤를 따라갑니다.
여인은 상사동 길 옆에 있는 한 집으로 들어갑니다. 잘 알지도
못하는 뭇 남자가 여인의 집까지 불쑥 들어갈 수는 없는 일. 김
생은 아쉬운 마음을 달래며 발걸음을 돌립니다.
그러나 이미 사랑의 열병이 김생의 마음에 퍼진 걸까요? 그는
사랑앓이를 합니다. 도저히 그녀를 잊을 수가 없습니다.

그날 저녁부터 김생의 얼굴은 못마땅한 듯, 황홀한 듯, 때로 멍하고
때로 붉어져 마치 무엇에 홀린 사람 같았다. 그는 밤중에도 베개를
어루만지며 잠을 이루지 못했고, 잠이 부족해 입맛도 잃어버렸다.
이렇게 며칠을 보냈을까. 당연히 잠자리와 먹는 것이 시원치 않으니
몸은 시든 나무처럼 마르고, 얼굴은 식은 재처럼 파리했다.

동구 아… 안쓰럽네요. 정말.

쌤 힘든 상황 속에서는 누군가의 도움을 받아야 그것을 이겨낼 길
이 열리는 것 같습니다. 보다 못한 한 노비가 김생에게 까닭을
묻지요. 김생은 자초지종을 이야기합니다. 그러자 노비는 꾀를
내지요. 김생은 그의 이야기를 듣고 그대로 따르기로 합니다.

볼까요?

김생은 손님을 대접한다며 여인이 들어간 집의 방 한 칸을 빌립니다. 그곳에 들어가 푸짐한 잔칫상을 차려 놓고 손님을 기다리죠. 물론 김생을 찾아올 손님은 애초에 없었습니다. 그는 초대받은 손님이 사정상 오지 못한다면서 그 집 주인 노파를 대신 불러 푸짐한 잔치음식을 대접하죠. 게다가 비단 적삼도 선물로 건넵니다. 이제 노파는 완벽한 김생의 팬이 되었네요. 하나를 물으면 열이라도 대답할 기세입니다. 어느덧 타이밍이 되었습니다. 김생이 조용히 묻죠. 모월 모일에 붉은 치마를 입고 이 집에 들어온 아리따운 여인, 자신이 완전히 빠져든 그 여인이 누구인지를요.

붕이 헤헤.

쌤 노파는 고개를 갸웃갸웃 거리며 곰곰이 생각하다 뭔가 떠오른 듯합니다. 아, 그런데 표정이 안 좋네요. 그녀의 이름은 영영입니다. 죽은 언니의 딸이자 회산군(성종의 다섯째 아들)의 시녀입니다. 문제는 회산군이 그녀를 아주 마음에 들어해 첩으로 삼고자 하나 부인의 반대로 그러지 못하고 있다는 사실이었지요.

일개 양반이 감히 왕족에게 덤빌 수는 없습니다. 누가 보아도 영영은 회산군의 소유거든요. 회산군의 총애를 받는 그런 여인을 웬 양반 나부랭이가 취하려 한다? 당시로서는 상상도 하지 못할 일이었습니다.

김생은 낯빛이 어두워지며 크게 실망합니다. 노파는 그런 김생을 위로하며 도울 방법을 생각하지요. 오월 단오 때 회산군 부인에게 청하여 영영에게 하루 휴가를 청해보겠다고 말합니다.

나정 사랑이 이루어지기 위해선 정말로 많은 도움이 필요한 것 같아요.

쌤 네. 도움을 청하는 것은 간절하기 때문이고, 간절한 것은 결국 진실하기 때문이 아닐까 합니다. 드디어 단옷날이 되었습니다. 김생은 두근대는 마음으로 노파의 집으로 달려가지요. 얼마 후 창밖에서 신발 끄는 소리가 납니다. 꿈에 그리던 영영 낭자네요. 노파는 영영을 집안으로 들입니다. 곧 술상을 내오지요. 김생과 더불어 잔을 들고 서로에게 권합니다. 몇 잔의 술이 오가고 김생은 영영에게 뭔가 할 말이 있는 듯합니다. 노파는 눈치를 채고 슬쩍 자리를 피해 주지요. 자, 이제는 김생과 영영만 남았습니다. 장면을 잠시 볼까요?

"삼월에 홍화문 앞길에서 서로 본 적이 있는데 낭자는 그때를 기억하겠소?"

"말은 기억하오나 사람은 기억하지 못하겠습니다."

"사람이 말만 못하오?"

"말은 보았으나 사람은 보지 못했나이다."

"낭자는 나를 놀리는구려. 비록 얼굴이 파리하고 몸이 말라서 그 때와 다르긴 하지만 설마 날 모르겠소? 하기야 낭자는 내가 아닌데 어찌 이 마음을 알겠소?"

"도련님도 제가 아닌데 어찌 저의 마음을 아시리오?"

김생은 자리를 가까이 옮겨 앉으며 말했다.

"아, 그대 난향이여. 그대가 어찌 무정한 사람이겠소? 그대를 만나 말 한마디 못한 뒤로 생각만 하고 보지 못한 것이 지금까지 얼마였던가."

붕이 뭔가 좀 잘 이루어지면 좋으련만 진도가 지지부진하네요.

나정 야, 진도 같은 소리 하고 있네. 너라면 처음 본 사람이랑 뭘 어쩌겠니. 남자들이란, 에휴.

쌤 김생은 자신의 간절한 마음을 고백하며 영영의 마음을 열고자 애씁니다. 그러나 그녀의 마음은 쉽게 열리지 않네요. 어느덧 헤어져야 할 시간이 되었습니다. 김생은 영영의 손을 꼭 잡으며 작별을 아쉬워합니다. 언제 다시 만날 수 있을지 그녀에게 묻지요. 그녀는 김생에게 이달 보름밤에 궁의 무너진 담 쪽으로 오라고 합니다.

약속한 날이 되자 김영은 무너진 담을 찾아 들어갑니다. 목숨을 건 그였습니다. 만약 발각된다면 결코 살아 돌아올 수 없음이 자명했죠. 그러나 불을 향해 달려드는 나방이 불을 두려워

할까요? 그는 그녀가 있는 곳으로 나아갑니다. 잠시 후 마중 나온 영영의 모습을 보고 김생의 마음은 고동치지요.

영영 역시 자신을 위해 목숨을 건 그에게 마음을 빼앗긴 것 같습니다. 그들은 작은 방에서 못내 그리웠던 정을 나누지요. 야속한 시간은 흘러 새벽 등불이 희미해지고 아침이 밝아옵니다. 지금 헤어지면 정말로 다시 보기 힘들지요. 아쉬워하는 김생에게 여인은 당부합니다. 오늘의 이별을 너무 마음에 두지 말고 학업에 정진할 것을요. 두 사람은 목이 메었으나 울 수 없으니 죽어 이별하는 것보다 더 비참했지요. 이윽고 김생은 눈물을 머금고 방을 나섭니다.

동구 여인이란 결국 자신에게 헌신하는 남자에게 마음을 여는군요.

쌤 그래요. 헌신이란 말 그대로 '몸을 드리다'라는 의미이니까요. 자, 이렇게 헤어진지 어느덧 삼 년이 흐릅니다. 그동안 김생은 학업에 전념하여 과거에 급제합니다. '유가'라고 해서 과거에 급제한 사람이 거리를 돌며 인사를 다니는 풍습이 있었는데요. 김생이 회산군 댁 앞을 지날 때였습니다. 예전의 그녀가 떠오르네요. 어찌 지내고 있을지 그간 연락도 하지 못했습니다. 그들을 이어 줄 노파가 세상을 떠났기 때문이지요. 다시 한 번 그녀를 보고픈 마음이 불쑥 듭니다. 하지만 전처럼 무너진 담으로 들어갈 수는 없지요. 어떻게 할까요? 김생은 그 집 앞에서 술에 취한 척하며 말에서 떨어집니다. 그리고는 땅에 누워 일어나지를 않지요.

한편 회산군 댁은 분주해졌습니다. 과거 급제자가 유가 도중 자신의 집 앞에서 쓰러진 셈이니까요. 회산군 부인은 하인들을 시켜 얼른 김생을 방으로 모십니다. 김생은 계속 정신을 잃은 척 하고 있네요. 다만 들락날락하는 하인들 중에 혹시나 영영을 볼 수 있을까 하는 마음에 가느다란 실눈만 뜨고 있습니다.

붕이 크크, 그 광경을 상상하니 너무 웃겨요.

쌤 그런데 저쪽 한 켠에서 눈물을 닦으며 흐느끼는 한 여인이 있네요. 바로 영영입니다. 이윽고 김생이 몸을 일으켜 세우자 그녀는 차를 한 잔 가져옵니다. 그 옆에 편지도 살짝 들어 있네요. 한번 볼까요?

야박한 운명의 영영이 낭군님께 절하며 아뢰옵니다. 제가 살아서 낭군님을 따르지 못하고 또 죽지도 못하여 이렇게 앙상한 몸으로 남은 생을 살고 있습니다. 봄날에도 깊이 궁에 갇히었고, 오동잎에 비가 떨어지는 밤에도 저는 빈 방에 갇혀 있사옵니다. 이 몸이 다시 낭군을 만난나 해도 꽃 같은 용모는 이미 변하여 사랑받기 어려울 것입니다. 낭군께서 또한 첩을 생각하시는지 모르겠군요. 아주 오랜 세월이 지나도 첩의 한은 끝이 없겠지요. 아, 어찌하겠어요.

김생은 집으로 돌아와 편지를 읽고 또 읽으며 영영을 떠올립니

다. 시간이 모든 것을 치유해 줄 거라 믿었건만 그리움의 정은 더욱 깊어만 갑니다. 그는 정말로 병이 듭니다. 얼굴이 야위고 몸이 약해진 채로 자리에서 일어나질 못하지요.

나정 아, 가련한 남자. 또다시 죽음 앞에 서게 되네요.

붕이 너 엄청 동정심 넘쳐 보인다. 왜 그래? 응?

나정 야, 넌 불쌍하지도 않냐. 한 여인을 향한 사랑으로 저렇게 아파하는 것을 보면서도 말이야.

쌤 아까도 얘기했지만 간절하면 도움을 청한다고 했지요? 마침 그의 앞에 도와줄 사람이 나타납니다. 함께 과거에 급제한 동기 이정자가 마침 회산군 부인의 조카네요. 그는 김생에게 자초지종을 듣고 이 사실을 고모에게 솔직하게 이야기합니다. 사정을 들은 부인이 말하지요. "내 어찌 영영을 아껴 사람을 죽도록 하겠느냐." 얼마 전 회산군이 세상을 떠나 회산군 부인 입장에서도 영영을 잡아 둘 필요가 없었거든요. 이제 그녀는 자유의 몸이 되었습니다. 김생과 영영은 드디어 꿈에도 그리던 만남을 이룹니다. 김생은 공명도 버리고 관직에도 나아가지 않으며 평생 정실부인도 얻지 않은 채 영영과 함께 살다 가지요.

나정 다행이네요. 그러나 결말을 보니 왠지 씁쓸한 마음도 없진 않네요. 신분 차이 때문에 정식 아내가 되지 못하고 정상적인 가정을 꾸리지도 못한 셈이니까요.

쌤 네. 두 번씩이나 죽을 뻔했고 노비, 노파, 친구 등 여러 사람들의 도움을 받아 겨우겨우 이룬 사랑이었지요. 그러나 그 사랑을 위해 포기하고 감수할 것도 많았습니다. 이 역시 개인의 비장한 염원이 담긴 선택이 아니었을까 합니다.

동구 그래도 김생은 이루고자 하는 바를 이루었기에 행복하지 않았을까요? 저는 김생이 부럽네요.

나정 아까는 부러우면 지는 거라며? 후훗.

동구 저기… 음… 김생이 부럽지 않게 네가 내 마음을 받아 주었으면 하는데….

나정 !!

붕이 헐… 허얼!

나정 음… 아… 뭐라고 해야 하나. 아휴… 당황스럽네. 마음은 일단 고마워. 조금 생각해 보고 답할게. 그래도 되지?

동구 응. 물론이야.

붕이 얼굴이 벌게진 거 보니 벌써 답 나왔구만, 뭘.

쌤 자, 마무리하지요. 지금까지 우리는 옛 문학을 통해 사랑을 살펴보았습니다. 때론 아름답고 때론 슬펐어요. 또 때론 재미있고 때론 안타까웠지요. 이 모든 게 사랑이자 삶의 모습이 아닐까 합니다. 이것으로 수업을 마치겠습니다. 그동안 수고했습니다, 여러분. 행복한 사랑하길 바랍니다.

간절함에 대해 생각해 봅니다. 그것은 상대에게 다가갈 다리를 놓고 건널 수 있는 힘을 부여하지요. 간절함은 결국 진실함이며 이것은 상대의 마음을 여는 열쇠가 됩니다. 나 하나만을 위해 헌신하겠다는 상대의 진심을 본 순간, 그 어느 누가 상대를 가볍게 여길까요? 사랑을 이루기 위해 우리에겐 간절함이 필요한 것 같습니다.

〈영영전〉,
우리는 사랑에 충실하고 싶다

이 작품은 작자 및 창작연대 미상의 한문 고전소설입니다. 〈상사동
기〉, 〈상사동전객기〉, 〈회산군전〉이라고도 하는데요. 주인공 김생과
영영의 열렬한 사랑 이야기를 그리고 있지요.

성균관 진사인 김생은 길에서 우연히 한 여인을 보고 사랑에 빠
집니다. 상사병을 앓다가 노비와 노파의 도움으로 겨우 그녀를 만나
게 되지요. 그녀의 이름은 영영. 궁녀로 있기에 그들은 오랜 시간 만
날 수가 없었습니다. 이후 김생은 어렵게 궁으로 들어가 그녀와 하룻
밤의 사랑을 나눕니다. 3년 후, 김생은 과거에 장원 급제하여 유가를
하던 도중 회산군 댁으로 들어가 다시 영영을 만나게 됩니다. 이후
김생은 다시 상사병으로 거의 죽게 되었다가 주변의 도움으로 영영
과 맺어져 행복한 삶을 살게 됩니다.

전쟁은 모든 걸 바꾸어 놓습니다. 임진왜란(1592~1598)과 병자
호란(1636~1637)을 기점으로 조선은 바뀌었지요. 조선 전기가 유교
적 이념 속에서 명분과 권위로 유지되어 왔다면, 임·병 양란 이후에
는 실학이 싹트고 현실이 중시됩니다. 이런 분위기 속에서 인간 본연
의 감정에 충실한 모습들이 나타나게 되지요. 예컨대 본능, 욕망, 기

뻠과 행복, 이런 것들에 말이지요. 수많은 죽음을 지켜본 이들은 그 무엇보다 '나' 자신에게 솔직하고자 하거든요.

애정소설 역시 조선 전기에 비해 양란 이후 훨씬 다양하고 자유로워집니다. 작품 속에서 사랑이라는 인간 본연의 욕망을 솔직하게 그려냈지요. 그러나 한계는 있었습니다. 아무리 변화된 상황이라고 하지만, 여전히 궁녀와의 사랑을 자유롭게 꿈꿀 수는 없었지요. 작품 중간에 김생이 궁에 갇혀 있는 영영을 기다리며 읊은 시 한 편으로 마무리를 지어 봅니다.

궁궐 깊은 곳에 갇혀 있는 아름다운 그대
한 번 이별함에 그 모습과 목소리 아득해지네.
오늘 밤 그대의 모습과 정을 잊기 어려우니
전생에도 우리는 아름다운 인연 맺었으리.
언짢은 가슴에 괴로이 근심은 비가 되고
아름다운 약속 고대하니 하루가 일 년 같네.
보름날 밤 꽃다운 그대를 만나고자 하니
누각에 올라 바라보는 저 달, 언제 둥그러지나.

참고문헌

이응백, 김원경, 김선풍, 『국어국문학자료사전』, 한국사전연구사, 1998.

염재규, 「〈삼선기(三仙記)〉 연구」, 한국교원대학교 대학원 국어교육과 석사학위논문. 2007. 2.

이보현, 「〈삼선기(三仙記)〉 연구」, 국민대학교 교육대학원 국어교육과 석사학위논문, 2008. 8.

심은영, 「〈정진사전(鄭進士傳)〉 연구」, 한국교원대학교 교육대학원 국어교육과 석사학위논문, 2003.

류호열, 「〈숙영낭자전〉 서사 연구 : 설화·소설·판소리·서사민요의 장르적 변모를 중심으로」, 건국대학교 대학원 국어국문학과 박사학위논문, 2010. 2.

황미영, 「〈홍계월전〉 연구」, 숙명여자대학교 대학원 국어국문학과 석사학위논문, 1995.

최영신, 「고전소설의 문화 관습적 이해 연구: 〈옥단춘전〉을 중심으로」, 부산대학교 교육대학원 석사학위논문, 2009.

김광미, 「〈소대성전〉의 개작 양상과 그 소설사적 의미」, 홍익대학교 교육대학원 국어교육과 석사학위논문, 2001. 8.

趙穎, 「인물 형상을 중심으로 본〈王景龍傳〉의 飜案 양상 연구」, 고려대학교 대학원 국어국문학과 석사학위논문, 2013. 8.

송호진, 「〈방한림전〉에 나타난 갈등 양상과 여성 의식」, 숙명여자대학교 교육대학원 국어교육과 석사학위논문, 2004. 8.

곽현희, 「〈방한림전〉에 나타난 위장된 삶과 가부장제 이데올로기의 활용」, 영남대학교 대학원 국어국문학과 석사학위논문, 2014. 2.

최차연, 「〈방한림전〉에 나타난 동성혼의 양상과 의미」, 아주대학교 국어교육과 석사학위논문, 2014. 2.

김향남, 「〈심생전〉의 구조와 의미지향성 분석」, 조선대학교 일반대학원 국어국문학과 석사학위논문, 2010. 2

이지선, 「〈주생전〉의 애정 인식 양상과 작가의식」, 충남대학교 대학원 국어국문학과 석사학위논문, 2011. 2.

왕건, 「〈조신전〉의 연원과 애정소설적 성격」, 대구대학교 국어국문학과 석사학위논문, 2011. 8.